나는 88년생 주무관 공무원입니다

나는 88년생 지방직 공무원입니다

지방에서 행복과 경제적 자유를 현실로 만든 공무원 이야기

ⓒ 박운서 2026

초판 발행 2026년 3월 27일

지은이   박운서
기획   북루덴스
펴낸이   고진
디자인   육일구디자인
마케팅   김학홍
펴낸곳   (주)북루덴스
출판등록   2021년 3월 19일 제2021-000084호
주소   서울시 중구 을지로 새 특 4-2호
전자우편   bookludens@naver.com
전화번호   02-3144-2706
팩스   0503-8379-4876

ISBN 979-11-995221-2-1 03800

박운서 지음

나는 88년생 젊은 공무원입니다

지방에서 행복과 경제적 자유를 현실로 만든
공무원 이야기

북루덴스

일러두기

1. 본 도서의 에피소드는 저자의 실제 경험과 공직 생활을 바탕으로 하되, 등장인물의 개인정보 보호를 위해 성명, 소속, 시기, 구체적인 정황 등은 일부 각색하거나 창작적으로 재구성하였습니다. 이는 특정 인물이나 단체를 비하할 의도가 전혀 없으며, 공직 사회의 긍정적인 변화와 발전을 염원하는 저자의 개인적인 소회임을 밝힙니다.

2. 본 도서에 수록된 내용은 저자 개인의 견해이며, 저자가 소속된 기관의 공식적인 입장이나 정책과는 무관합니다. 저자는 공무원 복무 규정과 영리 업무 금지 원칙을 철저히 준수하였으며, 본 도서의 집필 및 수록된 모든 대외 활동은 업무 시간 외의 개인적인 시간을 활용하여 이루어졌음을 명시합니다.

3. 본 도서에 수록된 투자 전략, 포트폴리오 구성, 수익률 기록 등은 저자의 경험과 학습을 기록한 주관적인 참고 자료입니다. 저자는 금융투자업자나 투자자문업자가 아니며, 본 내용은 결코 특정 종목의 매수·매도 권유가 아닙니다. 금융 시장은 예측 불가능한 변동성과 위험을 내포하고 있으며, 모든 투자의 최종적인 판단과 그 결과에 대한 책임은 온전히 투자자 본인에게 있음을 분명히 밝힙니다. 아울러 본문에 언급된 금융정보, 세율, 비과세 한도, 대출 규정 등은 2026년 3월 기준이며, 향후 정책 변경에 따라 달라질 수 있습니다.

"국가는 지역 간의 균형 있는 발전을 위하여 지역경제를 육성할 의
　무를 진다."

– 대한민국 헌법 제123조 제2항 –

헌법은 국가의 의무를 웅장하게 선언하지만, 현실의 뉴스는 매
일 지방의 '소멸'을 보도합니다. 청년들은 살기 위해 고향을 떠나
고, 지방에 남는 것은 마치 도태된 자들의 선택처럼 여겨지는 시
대입니다.

88년생 지방직 공무원인 저, 박운서는 그 한복판에 서 있습니
다. 십여 년 동안 인구는 줄어들고, 거리는 조금씩 더 고요해지는

과정을 지켜봐야 했습니다.

치열한 민원 현장과 격무 속에서 저는 끊임없이 자문했습니다. '과연 어떻게 하면 지방을 살릴 수 있을까?', '나 같은 일개 말단 공무원이 할 수 있는 일은 무엇일까?'

오랜 고민 끝에 제가 내린 결론은 이렇습니다.

지방 소멸의 위기 속에서 지방의 이점을 누리며 경제적으로 단단하게 자립하는 것.
그리고 나와 가족의 삶을 행복하게 가꾸고 그 이야기를 널리 알려, 이 지방이 여전히 살 만한, 아니 오히려 더 큰 기회가 숨 쉬는 땅임을 증명해 보이는 것.
저는 이것이야말로 지방 공무원이 수행할 수 있는 가장 현실적이고도 확실한 '적극 행정'이자 '애국'이라 믿습니다.

이 책은 거창한 지역 균형 발전의 해법을 담은 보고서가 아닙니다. 다만, 모두가 "안 된다"라고 말하는 곳에서 "나는 이렇게 재밌게 잘 살고 있다"고 외치는, 어느 평범한 사람의 유쾌한 기록입니다. 부디 이 작은 기록이, 각자의 자리에서 애쓰는 여러분에게 위로와 희망, 그리고 작은 즐거움이 되기를 바랍니다.

첫걸음에는 대한민국 지방직 공무원으로서 정체성을 확립하고, 무엇이 진정 나라를 위한 일인지 고뇌하는 말단 공무원의 고군분투기를 담았습니다.

둘째 걸음은 결혼 생활과 난임을 극복하고 얻은 딸과 함께한 30개월의 육아휴직, 그리고 밀도 높은 일상으로 채워가는 풍요로운 지방 생활의 묘미를 이야기합니다.

셋째 걸음은 방벽 밖의 세계를 누비는 이야기입니다. 지방은 고립된 섬이 아닙니다. 해외 파견 근무와 80일간의 세계 일주를 통해, 로컬에 발을 디디고 있으면서도 누구보다 글로벌하게 살 수 있음을 증명한 현장의 기록입니다.

마지막 넷째 걸음은 세상의 파도에서 저를 지켜주는 단단한 갑옷, 금융 자산 형성기입니다. 뜬구름 잡는 소리 대신, 평범한 월급쟁이가 어떻게 6억 원이라는 경제적 요새를 쌓아 올렸는지 그 치열한 기록을 가감 없이 공개합니다.

더불어 이야기 사이사이에 〈투자 게임 공략집〉을 배치하여, 경제적 자유를 향한 길잡이를 마련해 두었습니다.

혹자는 공무원이 무슨 돈 이야기냐고 되물을지도 모릅니다. 하지만 돈은 세상에 휘둘리지 않고 내 삶의 자유와 존엄을 지키기 위한 강력한 방패가 됩니다.

이 무모한 기록의 가치를 알아봐 주시고 출판을 결심해 주신 북루덴스 고진 대표님께 깊은 감사를 드립니다. 대표님의 안목 덕분에 제 이야기가 세상의 빛을 보게 되었습니다.

저에게 생명을, 그리고 '인생은 즐거운 것'이라는 위대한 DNA를 선물해 주신 부모님, 존경하고 사랑합니다.

나의 가장 냉철한 조언자이자, 이 모든 여정을 함께 해 준 최고의 파트너, 아내에게. 당신이 없었다면 이 책도, 지금의 나도 없었을 거야. 고맙고, 사랑한다.

마지막으로, 아빠에게 더 넓은 세상을 꿈꾸게 해 준, 내 인생의 가장 큰 행운이자 스승인 딸에게. 네가 살아갈 세상이 잿빛이 아니라 총천연색 찬란한 축제임을 증명하기 위해, 아빠는 오늘도 즐겁게 달린다. 고맙고, 사랑해.

2026년 3월

박운서

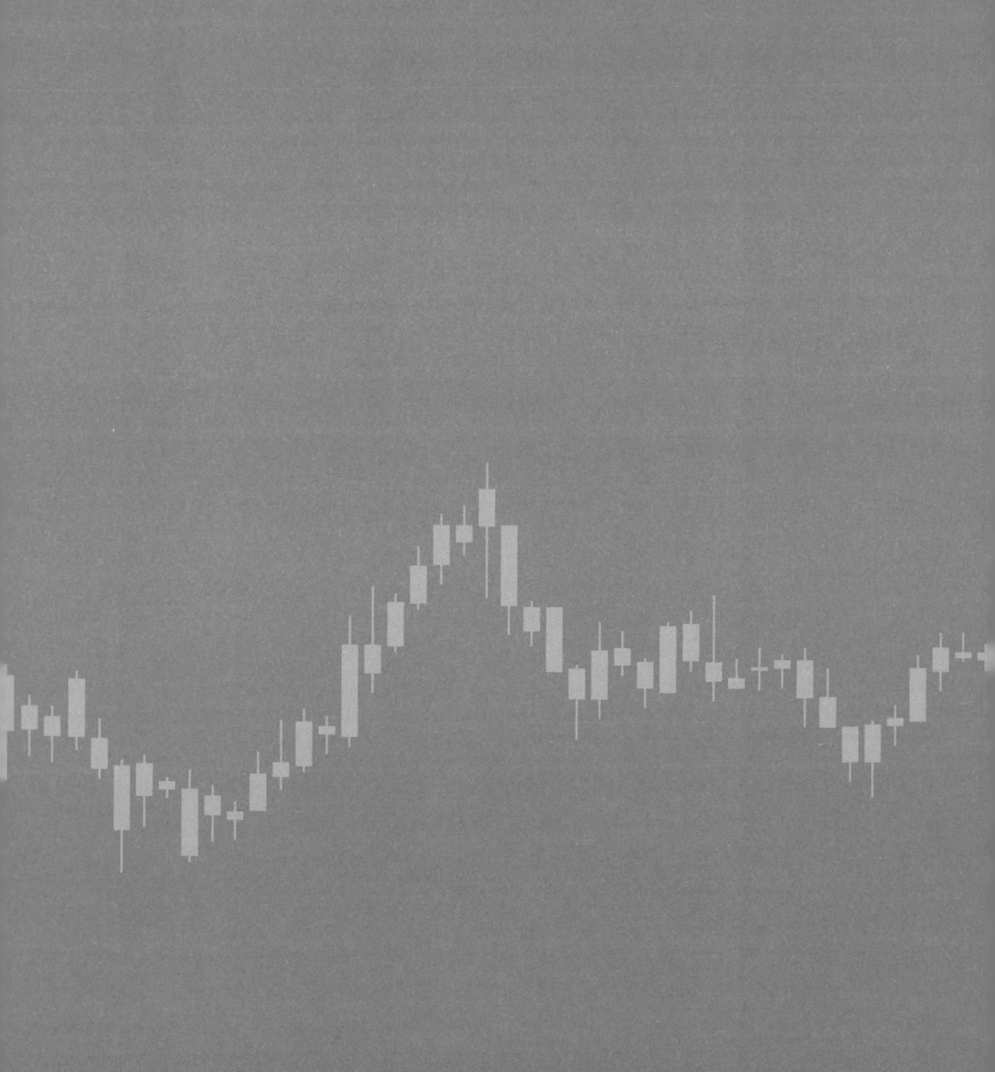

나만의 게임,
로그인

스물다섯,
영주 터미널

덜컹거리는 시외버스는 나를 세상의 끝으로 실어 나르는 관짝 같았다. 버스의 진동이 창문에 기댄 머리통을 울릴 때마다, 서울의 기억이 신기루처럼 부서져 내렸다. 광화문의 불빛이 아니라, 가로등 하나 없는 칠흑의 논두렁으로. 강남역의 함성이 아니라, 귀뚜라미 소리만 가득한 적막 속으로. 중력이 두 배는 강해지는 기분이었다. 어깨가, 고개가, 눈꺼풀이, 그리고 희망마저 아래로, 끝없이 아래로 꺼져 들어갔다.

'친구들한테는 뭐라고 말하지?'

질문이 아니었다. 이미 머릿속에선 비겁한 자기기만의 대본이 짜이고 있었다.

"아, 나? 고향이 좋아서 내려왔어. 서울은 너무 복잡하잖아."

그래, 그렇게 웃으며 말하는 거다. 취업 시장에서 너덜너덜해진 갑옷을 입은 패잔병, 스물다섯 박운서의 마지막 자존심이 바닥을 기고 있었다.

창밖으로 스쳐 가는 칠흑 같은 어둠 속에서, 나는 불과 몇 달 전 내가 꿈꿨던 빛들을 떠올렸다. 광화문 빌딩 숲 어딘가에 반짝일 내 책상의 스탠드 불빛을. 퇴근 후 강남역의 활기 속에서 친구들과 부딪칠 맥주잔의 금빛을. 주말이면 여자친구와 거닐 서울숲의 나른한 햇빛을. 한 번도 의심해 본 적 없었고, 당연히 내 것이 될 줄 알았던 그 모든 빛들을.

하지만 그 모든 빛은, 수십 통의 '불합격'이라는 차가운 단어 앞에서 신기루처럼 꺼져버렸다. 처음엔 '운이 없었을 뿐'이라고, 다음엔 '이번엔 되겠지'라며 희미한 불씨를 살려보려 애썼다. 하지만 수십 번의 '다음 기회에'라는 무미건조한 문장은, 내 영혼에 남은 마지막 온기마저 덮어버리는 차가운 재였다.

주변 친구들은 하나둘씩 그럴듯한 사원증을 목에 걸기 시작했다. 메신저에선 그들의 성공담이 오갔고, 나는 점점 침묵 모드로 전환됐다. 휴대폰이 울릴 때마다 합격 통지일까 심장이 덜컥 내려앉다가, 스팸 문자임을 확인하고 실망하기를 수없이 반복했다. 그 비참하고 지리멸렬한 과정의 끝은, 결국 '포기'였다. 물론 그때는 '전략적 후퇴'라고 미화했지만.

　2013년 가을, 경북 영주 터미널에 내렸다.
　'금의환향錦衣還鄕'. 비단옷을 입고 화려하게 고향에 돌아온다는 그 말. 하지만 내 모습은 정반대였다. 번듯한 대기업 타이틀이라는 비단옷은커녕, 취업 실패라는 누더기 넝마를 걸친 '패잔귀향敗殘歸鄕'이었다.

　"고향에 잘 왔다."

　마중 나온 아버지의 주름진 웃음은 악의가 없어서 더 잔인했다. 그 따뜻하고 평온한 세상 앞에서, 차마 "아버지, 저 완벽하게 실패하고 돌아왔습니다"라는 패배 선언을 할 수가 없었다. 아버지의 세상과 나의 세상은, 같은 땅 위에 있었지만 결코 서로를 이해할 수 없는 다른 차원이었다.

　내 눈에 비친 고향은 '결핍'이라는 단어의 다른 이름이었다. 느리고, 촌스럽고, 답답하고, 아무런 기회도 없는 곳. 패배자들이 마지막으로 들어오는 종착역. 그 순간, 내 머릿속에 한 명의 위대한 동지가 떠올랐다. 200년 전, 머나먼 강진 땅으로 내팽개쳐진 다산 정약용.

"잠깐의 분노를 참지 못하고 먼 시골로 내려가 버린다면, 결국 대대로 비천한 무식꾼이 되고 말 것이다."

조선 최고의 천재마저 지방을 '끝'이라 여겼다는 사실은, 역설적으로 나에게 유일한 위안이 되었다. 그래, 정약용도 그랬다면, 내가 이렇게 절망하는 건 당연한 거야. 나는 내 초라한 현실에 '정약용'이라는 고결한 변명을 덧칠하고 있었다.

하지만 스물다섯의 멍청한 패잔병은 몰랐다.

서울의 삶이 온갖 화려한 것들로 이미 가득 차, 새로운 무언가를 담을 틈조차 없는 '만찬의 잔'이라면, 지방의 삶은 텅 비어있는 '새벽의 잔'이라는 것을. 그 텅 빔이, 역설적으로 모든 것을 담을 수 있는 무한한 가능성이란 사실을.

"공무원 시험 준비하겠습니다"

왜 그 많고 많은 길 중에 '공무원'이라는, 단 한번도 꿈꿔본 적 없는 길을 선택하게 됐을까. 그건 열정적인 '선택'이 아니었다. 처절한 '소거법'의 결과였다.

스물다섯의 어린 나에게, 세상에는 딱 하나의 정답만 존재하는 것 같았다.

'좋은 대학 나와서, 대기업에 취직해, 서울에 사는 것!'

그게 성공이고, 그 외의 모든 삶은 실패라고 믿었다. 마치 인생이 '정답'이 정해진 오지선다 객관식 문제인 것처럼.

그래서 나는 그 정답을 향해 달렸다. 하지만 세상은 내게 정답지를 허락하지 않았다. 아니, 어쩌면 인생은 애초에 객관식이 아니라 주관식이었을지도 모른다.

나는 나름대로 만반의 준비가 되어 있다고 생각했다.
외국어가 좋아서 만들어낸 토익 935점, JLPT N1과 HSK 6급.
밤을 새워 따낸 전공 자격증.

나는 내 이력서가 그 어떤 갑옷보다 단단하고, 내 외국어 점수가 그 어떤 창보다 날카롭다고 믿었다.

그런데 세상은 내 갑옷에 새겨진 문양 따위엔 관심이 없었다. 수십 통의 이력서는 읽히지도 않은 채 휴지 조각이 되었고, 통장 잔고는 내 가치가 '0'에 수렴하고 있음을 증명했다.

그제야 나는 다른 선택지들을 돌아봤다. 오답이라 믿었던 보기들.
중소기업? 스타트업?
가슴이 뛰지 않았다.
아니, 솔직히 말해 '남들 보기 창피하다'는 치기 어린 자존심이 내 발목을 잡았다.

동기들의 번듯한 명함이 눈앞에 어른거렸다. 나는 내 손으로 내 미래의 가능성을 하나씩 삭제했다. 답안지의 오답을 지우개로 문지르듯, 그렇게 내 인생의 보기들을 하나씩 지워나갔다.

모든 오답을 지우고 나니, 내 손엔 더 이상 지울 수도 없는 마지막 카드가 덜렁 남았다.

공무원 시험.

그것은 희망의 카드가 아니었다.

모든 것을 포기한 자에게 주어지는, 모욕적인 위로 같은 것이었다.

그날 이후, 내 머릿속은 전쟁터가 되었다. 한쪽에서는 아직 숨이 붙어있는 내 꿈이 비명을 질렀다.

"야, 박운서. 너 진짜 괜찮겠냐? 월급 500? 짜릿한 성취감? 다 포기하고 그냥 부품으로 살겠다고? 그게 네가 원하던 삶이야?"

다른 한쪽에서는, 텅 빈 통장 잔고를 본 생존 본능이 차갑게 맞받아쳤다.

"닥쳐! 꿈으로 밥 먹여주냐? 안정, 정년, 연금. 최소한 굶어 죽지는 않아. 그게 지금 너한테 가장 중요한 거야. 패배자에게 선택지는 없어!"

나는 내 안의 꿈과 생존이 미친 듯이 싸우는 소리를 매 순간 들었다. 그리고 그 길고 처절한 싸움의 승자는, 결국 지독하게 현실적인 생존 본능이었다. 그래, 나는 이 거래를 받아들이기로 했다. 내 젊음과 가능성을, 이 지긋지긋한 생존과 맞바꾸는 거래를.

그리고 마침내, 나는 내 영혼을 담보로 한 계약서에 펜을 들었다.

인생 교환 계약서

....

제1조 (포기 조항) : '을'(박운서)은 화려한 연봉, 자유로운 조직문화, 폭발적인 성장의 기회 등 '갑'(세상)이 제공하는 모든 '꿈'에 대한 권리를 포기한다.

제2조 (보장 조항) : '갑'은 그 대가로 '을'에게 정년 보장이라는 '안정성'과 굶어 죽지 않을 만큼의 '봉급' 및 '연금'이라는 '생존'을 보장한다.

....

나는 그 계약서 맨 아래, 내 청춘을 인주 삼아 지장을 찍었다.

"공무원 시험 준비하겠습니다."

그 말에 부모님은 근심 가득했던 얼굴을 펴시며 안도하셨다. 그 표정 속에서, 아들의 원대한 꿈을 향했던 부모님의 마지막 기대마저 저물어가는 것을 보았다. 나는 내 선택이 최선이었다고, 이것이 효도라고 스스로를 설득하며 자기합리화의 성을 쌓아 올렸다.

그날 밤, 화장실 거울 앞에 섰다. 거울 속에는 내가 모르는 남자가 서 있었다. 실패에 찌들어 동공의 초점마저 흐려진, 삶의 에너지를 모두 소진한 낯선 패잔병. 이 모든 것을 끊어낼 의식이 필요했다. 서랍에서 바리깡을 꺼내 들었다.

'위이이잉—'

기계의 날카로운 소음은 내 젊은 날의 장송곡처럼 들렸다. 서걱거리며 떨어져 나가는 머리카락은, 죽어버린 내 꿈들의 각질 같았다. 바닥에 검은 눈물처럼 수북이 쌓인 머리카락을 내려다보며, 나는 거울 속의 빡빡머리가 된 녀석에게 선언했다.

'대기업 취준생 박운서'는 오늘 죽었다. 이제부터 나는 '공시생 박운서'로 다시 태어난다!

귓가에 'GAME OVER'라는 음성이 들리는 듯했지만, 애써 무시했다.

잿빛 성의
조용한 반란

1년, 나는 증발했다.

사회로부터, 친구들로부터, 그리고 나 자신으로부터. 덥수룩한 수염은 세상과 나 사이를 가르는 방어막이었고, 거울은 마주할 용기가 없는 금기의 영역이었다. 가끔 어머니가 "밥 먹어라" 하고 부르는 소리는, 사육사가 던져주는 사료 신호처럼 들렸다. 나는 인간이기를 포기하고, 오직 합격이라는 단 하나의 목표를 위해 생존하는 가축이 되어갔다.

합격자 명단에서 내 이름을 확인했을 때, 심장은 뛰지 않았다. 기쁨도, 환희도 없었다. 그저 '아, 드디어 이 지긋지긋한 사육장의 문이 열렸구나' 하는 안도감. 하지만 그 안도감의 다른 이름은, 내 젊음이 이제 '잿빛'이라는 단 하나의 색으로 규정될 것이라는 차가운 '체념'이었다. 스물다섯, 심장은 이미 노인처럼 느리게 뛰고 있었다.

그렇게 어느덧 출근을 시작했다. 유난히 추운 11월이었다. 낡은 회색빛 시청 건물은, 스산한 늦가을 날씨와 맞물려 거대한 잿빛 성처럼 보였다. 나는 그 성으로 들어가는, 갑옷도 무기도 없는 한 명의 병사일 뿐이었다.

현관의 묵직한 손잡이를 잡는 순간, 그 차가움이 내 영혼까지 전염되는 듯했다. 로비에 들어서자 낡은 서류와 먼지가 뒤섞인 냄새가 코를 찔렀고, 천장의 형광등은 위태로운 환자처럼 희미하게 울었다. 이곳의 모든 것이 나를 환영하는 대신, 침입자를 감시하고 있었다.

과거의 공직 사회는 지금보다 훨씬 더 짙은 회색이었다. 조직은 보수적이고 수직적이었으며, 모든 공기가 답답했다. 변화에 대한 의지는 찾아보기 어려웠고, '관행'이라는 이름의 관성만이 거대한 성벽을 지탱하고 있었다.

며칠간 정신이 없었다. 부서가 배정되고 수많은 사람과 인사를 나눴다. 그중 누군가와의 첫인사 자리였다. 그는 나를 의자에 앉

혀놓고, 마치 낯선 물건의 용도를 파악하려는 듯 한참을 묵묵히 바라보았다. 어색한 침묵이 흐르고, 그의 입이 마침내 열렸다.

"아버지는 무슨 일 하시나?"

그 목소리는 질문이 아니었다. 내 존재의 값을 매기는 냉혹한 계산기이자, 나를 순식간에 발가벗기는 날카로운 칼이었다. 1년 간의 고독한 사투, 외국어 성적, 그 모든 나의 노력과 서사가 이 한마디 앞에서 먼지처럼 흩어졌다. 이곳에서 중요한 것은 '나'라는 인간이 아니라, 내 배경에 붙어있을 '가격표'뿐이었다.

순간 내 머릿속에서 낡은 비디오테이프가 '끼익—' 소리를 내며 돌아갔다. 중학교 때 친구 집에서 몰래 본 영화 〈친구〉. 장동건과 유오성의 앳된 얼굴, 그리고 배우 김광규가 연기한 담임 교사의 그렁그렁한 목소리.

"느그 아부지 뭐 하시노?"

스크린 속에서나 보던 그 대사를 21세기 공무원 조직의 면담 자리에서 듣게 될 줄이야. 평범한 우리 집 내력을 들은 후 그의 눈빛이 미묘하게 변했다. 내 존재가 그의 머릿속 온라인 쇼핑몰 '관심 상품' 목록에는 올랐을지언정, 끝내 '장바구니'로는 넘어가지 못한 그런 신세가 된 기분이었다. 그 뒤로 이어진 대화는 건조한 모래를 씹는 듯 푸석했다.

차라리 유오성처럼 "저희 아버지 건달입니다"라고 할 걸 그랬
나. 그랬으면 최소한 임팩트는 있었을 텐데.

작은 지자체일수록 서로가 얽히고설켜 있다. 부부, 부녀, 형제
공무원 등 가족 단위로 시청에 둥지를 튼 경우가 많았고, 이들은
서로를 밀어주고 끌어주며 보이지 않는 그들만의 견고한 울타리
를 형성했다. 마치 씨족 사회의 현대판 같았다. 여기에 더해 지역
의 유력 인사들과 혈연, 지연, 학연으로 얽힌 끈들이 복잡하게 교
차했다. 이곳에서 '누구의 아들, 누구의 조카'라는 타이틀은 보이
지 않는 명함이었고, 촘촘한 인맥은 조직 생활의 강력한 윤활유
였다.

만약 내 대답이 "아버지가 도청에 계십니다"라거나 "작은어머
니가 여기 시의원님이십니다"였다면, 아마 내 공직 생활의 출발
선은 조금 달랐을지도 모른다. 그것이 이 좁은 지역사회를 움직
이는, 보이지 않는 룰이었다.

어쩌면 30년 넘게 이 잿빛 성에서 세월을 보낸 그에게 출신 성
분을 묻는 것은 악의조차 없는, 그저 숨 쉬는 것처럼 당연한 일이
었을지도 모른다. 그것이 그에게 사람을 이해하는, 가장 투박하

지만 효율적인 방식이었을 것이다. 나는 그 순간 깨달았다. 내가 들어온 곳이 생각했던 것보다 훨씬 더 단단하고 낡은 성이라는 것을. 하지만 동시에, 그 높고 단단한 성벽에 아주 작은 균열이라도 내고 싶다는 조용한 반항심이 마음 한구석에서 꿈틀거리기 시작했다.

그날 밤, 텅 빈 방으로 돌아와 거울을 봤다. 거울 속에는 모멸감에 젖어 낯빛이 파리해진 한 사내가 서 있었다. 패잔병. 그래, 나는 여전히 패잔병이었다. 나는 거울 속 녀석의 눈을 똑바로 보며, 나직이, 그러나 분명하게 중얼거렸다.

"느그 아부지 뭐 하시노? 저희 아버지 평범한 직장인이신데요. 그런데 말입니다. 그 아들이 좀 독하고 재밌는 놈입니다."

그날 밤, 한 패잔병은 조용한 반란을 맹세했다.

일 잘 알려주는
옆 부서 누님

첫 발령지에서 내가 맡은 업무는 '서무'였다. 부서의 온갖 잡일과 서류 취합 등 궂은일을 도맡아 하는 막내의 자리. 하지만 진짜 난관은 팀장과 차석 모두 실무의 디테일보다는 조직의 큰 흐름을 챙기는 관리형 스타일이었다는 점이다.

그들의 쿨한 위임은 "알아서 잘해봐"라는 한마디로 요약되었다. 베테랑에게는 자유였겠지만, 아무것도 모르는 신입에게는 세상에서 가장 막막하고 무거운 숙제였다.

공무원의 업무 인계 시스템은 구조적 문제가 많다. 체계적인 매뉴얼 대신 '구전口傳'으로 업무가 전수되다 보니, 전임자의 성격과

양심에 따라 후임자의 운명이 천국과 지옥을 오간다.

'히어로 전임자'를 만나면 방대한 업무 매뉴얼과 함께 친절한 과외까지 받지만, '빌런 전임자'를 만나면 "알아서 하라"는 무책임한 말만 남긴 채 업무 폭탄을 떠안게 된다.

당시 나의 운명은 묘하게 꼬여 있었다. 내 전임자는 분명 '히어로'에 속하는 좋은 분이었지만, 하필이면 출산과 함께 육아휴직으로 무대를 떠난 뒤였다. 다른 부서에 있다면 염치 불고하고 달려가 매달렸겠지만, 갓난아이와 사투를 벌이고 있을 선배에게 차마 전화를 걸 용기가 나지 않았다.

결국 나는 주말에 받은 단 두 시간짜리 '속성 과외'를 유일한 무기 삼아 전장에 투입됐다. 망망대해에 홀로 던져진 난파선 선원 꼴이었다. 이대로라면 임용 첫 주 만에 '무능한 신입'이라는 낙인과 함께 익사할 것이 뻔했다.

다행히 서무 담당자는 부서별로 한 명씩 존재했다. 옆 부서와 그 옆 부서에도 각각 한 명씩 있었다. 한 곳의 서무 담당자는 엄격해 보이는 중년 여성이었고, 다른 한 곳은 나와 나이가 비슷해 보이는 젊은 여성이었다. 나는 며칠을 고민하다가 조금 더 편안해 보이는 쪽의 문을 두드렸다.

"저… 주사님. 죄송한데, 이거 하나만 여쭤봐도 될까요?"

공무원들은 보통 직급과 상관없이 서로를 '주사님'이라고 부른다. 그것이 룰이었다. 나는 깍듯하게, 하지만 속으로는 '제발 도와주세요'라는 절박한 심정으로 그녀를 불렀다. 놀랍게도 나의 부탁에 그녀는 귀찮은 내색 하나 없이 친절하게 알려주었다. 심지어 업무 방법을 정리한 파일까지 건네주었다.

"이거 보고 해요. 모르는 거 있으면 또 와서 물어보고."

그 순간, 정말로 천사인가 싶었다. 그날 이후 나는 그녀의 책상을 성지처럼 드나들었다. 그녀는 일은 칼같이 알려주었지만, 정작 자기 책상은 캐릭터 스티커와 간식거리로 채워져 있었다. 그 부조화가 왠지 모르게 나를 안심시켰다.

그녀는 나의 공직 생활의 은인이자 스승이었다. 단순히 업무만 가르쳐준 것이 아니었다. 모든 것이 회색빛인 이곳에서 '색깔 있는 사람'이 존재한다는 희망을 심어주었다. 어느 순간부터 나는 그녀를 '주사님'이 아니라 '누님'이라고 부르고 있었다. 그녀는 질색했다.

"야, 너나 나나 20대인데 무슨 누님이야. 나이 들어 보이잖아!"

그녀는 손사래를 쳤지만, 나는 꿋꿋하게 그녀를 '누님'이라 불렀다. 내 존경심을 표현할 수 있는 가장 정확한 단어였기 때문이다. 호칭에는 관계가 담긴다. '주사님'은 조직 내 사무적 관계를 뜻하지만, '누님'은 개인적 애정과 감사가 스며든 특별한 관계를 의미했다.

그 후로 공직 생활을 하며 여러 번의 인사이동을 겪었다. 그때마다 새로운 업무 앞에서 당황했고, 전임자의 성향에 따라 희비가 엇갈렸다. 운이 좋으면 좋은 전임자를 만나 매끄러운 인계를 받았지만, 어떤 경우는 '연락 두절' 같은 쓴맛을 봐야 했다.

그렇게 막막한 순간이 찾아올 때마다 그 누님이 떠올랐다. 그녀가 내민 작은 친절이 없었다면, 나는 이 잿빛 성의 높은 벽 앞에서 좌절했을 것이다. 그래서 나는 인사이동 때마다 그녀에게 연락을 드리고 있다.

"누님, 저 이번에 부서 옮겼습니다. 그러니 또 누님이 떠오르네요. 그때 정말 감사했습니다. 제자가 밥 한번 사겠습니다."

가끔이지만 그렇게 안부를 묻고, 식사를 대접하고, 감사의 인사를 드린다. 그녀는 언제 적 이야기를 지금까지 하느냐고 쑥스러워하며 수줍게 웃는다. 수줍게 웃는 그녀를 볼 때마다 그날의 고 마음이 파도처럼 밀려온다.

조직은 차갑다. 하지만 그 조직을 움직이는 건 결국 사람이다. 한 사람의 작은 친절이 다른 사람의 인생을 바꿀 수 있다. 그 누님의 도움이 없었다면, 나는 훨씬 더 많이 헤맸을 것이고, 어쩌면 공직에 대해 더 부정적인 인상을 가졌을지도 모른다.

지금도 어딘가에서 새로 발령받은 신입이 막막한 표정으로 서류 더미 앞에 서 있을 것이다. 그때 누군가 따뜻한 손을 내밀어준다면, 그 작은 친절이 그 사람의 공직 생활 전체를 바꿀 수 있다.

그 후로 나 역시 누군가의 '일 잘 알려주는 옆 부서 누님'은 아니고, '형님'이 되려고 노력한다. 누군가 막막한 표정으로 나를 찾아오면, 내가 아는 모든 것을 최대한 친절하게 알려주려 애쓴다.

왜냐하면, 나의 스승인 그 누님이라면 분명 그렇게 했을 테니까. 그것이 내가 그분께 받은 따뜻함을 갚는 가장 완벽한 방법일 테니까.

'정시 퇴근'이라는 금기어를 깨다

나는 『삼국지』를 좋아한다. 수많은 영웅호걸 중에서도 내가 가장 애정하는 인물은 의외로 위연이다. 그 유명한 '반골反骨' 위연 말이다. '반골'이란 말은 명령이나 권위에 순순히 따르지 않고 반항하는 기질을 뜻한다.

유래는 이렇다. 유비에게 항복한 위연을 보고 제갈량이 관상을 훑어보더니 한마디 던진다.

"저놈 뒷목에 반골이 서 있으니 언젠가 배신할 겁니다. 처형해야 합니다."

다행히 유비는 이 의견을 무시하고 위연을 받아들였지만, 결국 위연은 그 일로 제갈량에게 앙심을 품었고, 제갈량 사후 반란을 일으키려다 다른 장수의 손에 죽는다. 그래서 위연에게는 '배신자'라는 꼬리표가 영원히 따라붙게 되었다.

하지만 가만 생각해 보자. 관상이 영 마음에 안 든다며 처형시켜야 한다는 말을 들었다면, 성인군자가 아닌 이상 누구라도 속이 뒤틀리지 않겠는가? 나라면 '상급자의 외모 지적 및 인격 모독'이라며 당장 직장 내 괴롭힘으로 신고했을 것이다.

나에게도 이런 '반골' DNA가 있는 모양이다. 학창 시절 선배나 선생님과 설전을 벌이곤 했으니까. 그런데 직장에서 내 반골 기질이 본격적으로 고개를 든 건, 바로 '정시 퇴근'이라는 금기어 앞에서였다.

오후 6시 정각. 내 업무는 마무리되었지만, 사무실은 여전히 낮처럼 분주했다. 상사가 퇴근하기 전까지 자리를 지키는 것, 혹은 부족한 급여를 시간 외 수당으로 보전하는 것은 당시 공직 사회의 묵묵한 생존 전략이었다. 그것은 누군가에겐 성실함의 증표였고, 누군가에겐 가장의 무게였다.

하지만 도저히 납득할 수 없었던 건 매월 초 행정 시스템에 공개되는 '전 직원 초과근무 시간 현황표'였다. 마치 성적표처럼 누가 40시간, 누가 50시간을 초과근무했는지 공개되었다. 누가 더 오래 사무실에 앉아 있었는지 경쟁시켜 순위를 매기고, 그걸 '성실함'의 척도로 삼는 행정 편의주의적 시스템. 어느 날, 머릿속에서 반골이 꿈틀거렸다.

'나는 이 관성적인 게임에 참여하지 않겠다.'

다음 날 오후 6시 정각, 나는 의자에서 일어섰다.

"먼저 들어가 보겠습니다."

내 인사에 부서원들의 모든 시선이 일제히 꽂혔다. 그 시선들은 다양했다. "뭐지 저놈?"(당황), "미친놈이네"(경멸), "나도 가고 싶다…"(부러움).

팀장이 나를 불렀다.

"박 주사, 요즘 일이 없나?"

사실 팀장도 악의가 있어서 그런 건 아닐 것이다. 그저 30년 넘게 조직을 위해 묵묵히 자리를 지켜온 당신만의 방식이자, 후배가 혹시나 조직에서 밉보일까 걱정하는 투박한 관심이었을지도 모른다. 하지만 내 반골은 꺾이지 않았다.

"업무는 모두 완료했습니다. 급한 건이면 지금 말씀해 주시고, 아니면 내일 아침에 처리하겠습니다."

내 대답은 논리적이었고 빈틈이 없었다. 팀장은 더 말을 잇지 못했다. 그날 이후 나의 반란은 계속되었다. 처음에는 홀로 외로운 길을 걸었지만, 점차 몇몇 직원들이 용기를 내기 시작했다.

"저도 먼저 들어가겠습니다."

그들의 목소리는 떨렸지만, 동시에 해방감이 묻어났다.

오해는 마시라. 나는 성실하게 일하는 동료들의 노고를 폄훼할 생각은 추호도 없다. 실제로 업무가 산더미처럼 쌓여서 불가피하게 초과근무를 해야만 하는 부서와 사람들이 분명히 존재했다. 나 역시 예산 시즌이나 대규모 행사를 앞두고는 피치 못하게 밤늦도록 자리를 지키며 서류와 씨름하기도 했다. 그럴 때의 초과근무는 조직을 지탱하는 숭고한 헌신이자 공무원의 책임감이었다.

하지만 내가 저항하고자 했던 것은, 관성적으로 자리를 지키는 '보여주기식 문화'였다. 상사의 퇴근 전까지 눈치를 보며 시간을 죽이는 그 답답한 공기. 나는 그 탁한 공기에 중독되어 내 소중한 인생을 허비하고 싶지 않았을 뿐이다.

나의 정시 퇴근에는 서슬 퍼런 철칙이 있었다. '업무 시간에는

미친 듯이 일한다.'

6시에 당당하게 가방을 싸려면 업무 밀도를 높여야 했다.

나는 담배도 안 피우고, 흔한 커피 타임조차 갖지 않았다.

정말 업무가 휘몰아치는 시기에는 화장실 가는 시간조차 아까워 물 한 모금 마시지 않고 모니터에 달라붙어 있기도 했다.

나의 '0시간 초과근무'는 일이 적어서가 아니라, 8시간 안에 모든 과업을 끝내버리는 지독한 몰입과 효율의 결과물이었다.

시민들에게 제공하는 서비스의 질은 책상에 앉아 있는 시간의 길이에 비례하는 것이 아니라, 공무원의 맑은 정신과 효율적인 시스템에서 나온다고 믿는다.

무의미한 엉덩이 싸움 대신 밀도 높은 결과로 승부하는 것.

그리고 다음 달 초, 심판의 날이 왔다. 초과근무 시간 현황표가 올라왔고, 내 이름 옆에는 '0시간'이라는 숫자가 선명하게 박혀 있었다. 그것은 단순히 수당을 포기한 기록이 아니었다. 주어진 8시간 안에 모든 에너지를 쏟아붓고, 남은 시간은 오롯이 '나'와 '가족'을 위해 확보하겠다는, 지속 가능한 공직 생활을 위한 생존 전략이었다.

어쩌면 조직의 '제갈량'들 눈에는 '0시간'을 기록하는 내가 위연처럼 보였을지도 모른다. '조직에 헌신할 생각이 없는 놈', '언젠가 문제를 일으킬 놈'으로 말이다. 다행히 세상은 변했다. 워라밸이라는 새로운 바람이 불었고, 민간에서도 주 52시간 근무제가 도입되었다. 판이 바뀌기 시작한 것이다.

공직 사회에서도 변화가 일어났다. 정시 퇴근이 점차 자리 잡기 시작한 것이다. 특히 신입 직원들은 아예 당연하다는 듯이 6시에 퇴근하기 시작했다. 요즘엔 정말 급한 업무가 있는 사람 외에는 정시 퇴근이 자연스러워졌다. 초과근무 시간 현황표 공시도 사라진 지 오래다.

진짜 반골은 파괴를 위한 반항이 아니라, 개선을 위해 저항하는 개혁가다. 위연이 제갈량의 편견에 맞서 능력을 증명하려 했듯, 나 역시 낡은 관행에 맞서 새로운 가능성을 보여주고 싶었다. 당시 나의 외로운 '0시간'이 누군가에게는 "아, 저래도 되는구나"라는 작은 용기가 되었기를 바랄 뿐이다.

내 뒷목에는 분명 반골의 뼈가 서 있다. 누군가는 그걸 조직에 융화되지 못하는 불순함의 증표라 말하겠지만, 나는 그 뼈가 이 잿빛 성을 아주 조금은 더 나은 곳으로 밀어 올린 지렛대라 믿는다. 그리고 그 믿음이, 내가 앞으로도 계속 반골로 살아갈 이유다.

승진 게임,
로그 아웃

어느 회식 자리였다. 시끄러운 고깃집, 상사의 무용담이 공기를 채웠다. 나는 억지 미소를 장착한 채 고개를 끄덕이는 자동인형이 되어 있었다.

"박 주사, 이제 승진해야지?"
"지금 한번 밀리면 나중에 5급 달 때 몇 년씩 차이 난다니까! 그때 되면 진짜 억울해서 잠도 안 와!"

상사의 목소리가 내 귀를 파고들었다.
'승진'.
이 잿빛 성벽 안에서 모든 구성원을 움직이게 만드는 가장 강력한 동기부여이자, 거부할 수 없는 문법. 상사들은 끊임없이 승진의 중요성을 설파한다. 마치 종교의 전도사처럼 말이다. 그 교리에 감화된 공무원은 다시 후배들에게 똑같은 복음을 전파한다. 그렇게 '승진 지상주의'는 대를 이어 계승되고, 공무원 조직 특유의 견고한 질서를 완성한다. 완벽한 '승진교昇進敎'의 포교 시스템이다.

대체 왜 공무원들은 이토록 승진에 목매는 걸까? 나는 그 이유를 이 좁은 '지방'이라는 공간적 특수성과 '한국 사회'라는 문화적 특수성에서 찾았다.

지방직 공무원은 그 지역 출신인 경우가 많다. 자연스럽게 학교 선후배 관계 등으로 복잡하게 얽힌다. 문제는 승진 경쟁에서 밀리기 시작하면, 학교 후배나 동기가 나의 상사가 되는 곤혹스러운 상황이 벌어질 수 있다는 것이다.

나이와 서열을 금과옥조처럼 여기는 한국 문화에서 나보다 어린 상사, 심지어 학교 후배였던 상사를 모시는 것은 견디기 힘든 굴욕으로 여겨진다. 검사들이 후배 기수가 상사가 되면 "후배에게 짐이 될 수 없다"며 옷을 벗고 변호사 개업을 하는 현상이 작은 지자체 조직에서도 똑같이 일어나는 셈이다. 결국 승진에 목을 매는 이유는 '성공'에 대한 열망이라기보다, '굴욕'을 피하고 싶은 방어기제에 가깝다.

또한 공무원은 직업 특성상 한 조직에서 정년을 맞이하는 경우가 대다수다. 30년을 한 조직에 헌신하다 보니, 그들에게는 성벽 안의 가치가 삶의 커다란 척도가 된다. 마치 외부와 단절된 섬처럼, 세상의 변화와는 무관하게 그들만의 논리로 돌아가는 독특한 생태계가 형성되는 것이다. 그렇게 '승진'은 공무원 조직의 종교가 되었다.

문제는 승진이라는 것이 공무원 세계에 정말 안 어울리는 제도라는 점이다. 공무원은 업무 성과가 뚜렷하지 않다. 민간 기업처럼 매출이나 수익 같은 명확한 지표가 없다. 시민 민원 처리 건수나 업무 효율성으로 평가하긴 하지만, 그마저도 주관적이고 모호한 기준에 의존한다.

때로는 업무 능력 외의 보이지 않는 변수들이 승진의 당락을 결정짓기도 한다. 정량적 수치보다 정성적 평가가 지배하는 구조다 보니, 인사철마다 납득하기 힘든 결과에 대한 뒷말이 무성하고 승복하지 못하는 자들의 한숨이 깊어진다.

이 게임의 참가자들을 괴롭게 하는 또 하나는 평가의 주체가 '나'가 아니라는 점이다. 나의 가치를 상사가, 조직이, 불투명한 룰이 평가한다. 그래서 끊임없이 그들의 눈치를 보고 그들의 기준에 나를 맞출 수밖에 없다. 마치 게임의 규칙도 모른 채 그저 상금만 보고 참가한 〈오징어 게임〉의 참가자가 된 기분이었다.

그 회식 자리에서 소주 한 잔이 들어가니 머릿속이 오히려 맑아지며, 아주 차가운 계산이 시작됐다.

'이 게임, 과연 가성비가 좋은 게임인가?'

내가 내 시간과 자존심을 갈아 넣어 이 게임의 끝까지 간다고 치자. 그렇게 해서 얻는 최종 보상이 무엇인가? 계급의 사다리를 한 칸씩 오를 때마다 통장에 찍히는 숫자의 변화는 생각보다 소박하다. 책임의 무게는 기하급수적으로 늘어나지만, 보상의 크기는 산술급수적으로 증가한다. 철저한 불균형의 구간이다. 권한이라는 이름으로 주어지는 것은 실상 '더 무거운 의사결정의 책임'과 '조직의 전면에 서서 풍파를 맞아야 하는 고독함'의 다른 이름이었다.

무엇보다 내 마음을 멈칫하게 한 것은 이 게임의 종착지였다. 지방직 공무원으로서 도달할 수 있는 정점인 국장의 자리. 그것은 분명 한 개인에게는 평생의 헌신이 일궈낸 고귀한 결실이다. 하지만 조직이라는 거대한 성벽을 벗어나는 순간, 그 화려했던 직함은 고요한 익명성 뒤로 사라진다.

이 서글픈 진실을 깨닫자 나는 역설적으로 자유로워졌다. 이 게임을 할 필요가 없다는 확신이 든 것이다. 다른 동료들이 승진이라는 사다리를 오르기 위해 발버둥 칠 때, 나는 그 사다리 자체를 걷어차 버릴 용기를 얻었다. 그날 이후, 나는 '승진 게임'의 로그아웃 버튼을 눌렀다. 그리고 나만의 새로운 게임에 로그인했다.

승진 게임이 타인의 평가와 감정에 의존하는 '인문학'이라면, 나는 오직 숫자와 논리, 그리고 나의 판단만이 결과를 결정하는 '수학'의 세계로 가고 싶었다.
내가 선택한 게임은 '투자 게임'이었다.

각종 투자 서적을 탐독했다. 워런 버핏, 피터 린치, 벤저민 그레이엄과 같은 고전부터 최신 투자서까지 닥치는 대로 읽었다. 그러다 자산 배분 투자에 눈을 떴다. 처음에는 용돈 수준의 적은 돈으로 시작했지만, 지식이 늘어남에 따라 규모도 커졌다. 실패도 많았으나 그 과정이 나를 더 나은 투자자로 성장시켰다.

그렇게 5년 차가 되자 놀라운 일이 벌어졌다. 투자 수익이 우리 가족의 생활비를 넘어서기 시작한 것이다. 7년 차에는 기어코 '투자자'라는 부캐가 '공무원'이라는 본캐의 수입을 역전하는 유쾌한 역전극을 일으켰다. 그 순간 나는 깨달았다. 내가 드디어 내 인생이라는 게임의 주인이 되었다는 것을.

승진 게임의 평가는 주관적이고 결과는 허무하다. 하지만 투자 게임은 다르다. 평가의 주체가 '나' 자신이며, 그 과정은 '성장'으로, 결과는 '자유'로 이어진다. 투자 게임을 하면서 나는 이전과 완전히 다른 사람이 되었다. 직장 업무를 대하는 마음가짐도 달라졌다. 승진에 목매지 않으니 상사의 눈치를 볼 필요도 없고, 불합리한 지시에 대해서도 논리적으로 대응할 수 있게 되었다. 경제적 자유에 대한 확신이 생기니 정신적으로도 자유로워진 것이다.

그렇다고 내가 직장 일을 소홀히 한 것은 아니다. 자본 소득이라는 뒷배가 생기니 조급함이 사라졌고, 상사에게 아부하는 에너지까지 아껴 업무에 쏟을 수 있었다. 오히려 더 효율적으로, 창의적으로 일하게 되었다. 동료들과의 불필요한 경쟁 대신 진심 어린 협력이 가능해졌고, 결과적으로 더 좋은 성과를 냈다. 승진이라는 족쇄에서 자유로워진 사람이 오히려 더 좋은 공무원이 될 수 있다는 것을 나는 몸소 체험했다.

경제적으로 자립한 공무원은 그 어떤 부당한 유혹에도 흔들리지 않는 '청렴의 무적함대'가 된다. 내 잔이 이미 가득 차 있는데, 굳이 부당한 청탁이나 구차한 푼돈에 내 명예와 직분을 팔 이유가 있겠는가. 자본주의의 생리를 이해하고 스스로 자기 삶의 제국을 건설한 공무원이야말로 시민들에게 가장 객관적이고 당당

한 행정 서비스를 제공할 수 있다. 결핍은 유혹을 부르지만, 풍요
는 원칙을 지킬 힘을 준다.

그들의 게임이 틀렸다는 것은 아니다. 다만 나에게는 맞지 않는
게임이었을 뿐이다.
게임의 선택은 개인의 자유다.
중요한 것은 자신에게 맞는 게임을 선택할 용기를 갖는 것이다.
나는 오늘도 조용히 나만의 게임에 로그인한다.

그럼에도, 나는
세상의 무질서에 맞서는 공무원이 된다

"600원 때문에 30분 동안 욕을 먹었다."

말하고 보니 정말 코미디 같은 이야기다. 영화 〈극한직업〉에서 마약반 형사들이 치킨집을 운영하는 것만큼이나 현실감 없는 설정 같지만, 이것이 바로 말단 공무원의 일상이다. 그날도 여느 때와 같은 평범한 하루, 수도요금 업무를 보고 있었다. 수화기 너머로 할머니의 고함이 포탄처럼 날아왔다.

"야! 지난달에 집에 없어서 물도 안 썼는데 수도요금이 왜 이렇게 많이 나와!"

나는 조심스레 물었다.

"어르신, 얼마가 나왔나요?"

"600원이나 나왔다고!"

잠깐, 600만 원의 오타가 아니다. 진짜 600원이다. 육·백·원. 나는 침착하게 설명했다.

"그건 기본 요금입니다. 수도 계량기 유지비로…"

하지만 할머니의 목소리는 이미 어떤 논리도 비집고 들어갈 틈이 없는 분노의 임계점을 아득히 넘어서고 있었다. "공무원들은 세금 도둑놈들만 가득하다!", "너희들이 우리 돈을 축내고 있다!" 등 원색적인 비난이 30분간 폭포수처럼 쏟아졌다. 그 어르신에게 나는 세상의 불공정함을 쏟아낼 수 있는 마지막 창구였을지도 모른다.

지방직 공무원은 중앙부처 공무원처럼 거창한 정책을 만드는 사람이 아니다. 시민들의 가장 가까운 곳에서, 그들의 가장 사소하고 때로는 가장 예측 불가능한 민원까지도 온몸으로 받아내야 하는 최전선의 수비수일 뿐이다.

솔직히 말해, 이런 민원을 겪을 때면 '아, 이거 정말 때려치우고 싶다'는 생각이 굴뚝같다. 그날은 때마침 월급날이었다. 통장에

찍힌 금액을 보고 더 심한 현타가 왔다.

'내가 이 돈 받으려고 욕까지 들어야 하나.'

자괴감과 함께 나라는 개인의 존재가 지워지는 듯한 무력감이 들었다. 하지만 그럴 때마다 내 안에서 나를 붙드는 한 문장이 있다.

'그럼에도, 공무원은 자ruler와 같아야 한다.'

새내기 9급으로 임용되어 한창 교육을 받던 시절, 나에게는 조금 특별한 동기가 있었다. 다른 일을 하다 늦은 나이에 들어온, 나보다 열 살은 많은 형님이었다. 마치 대학교 새내기들 사이에 웬 군필 아저씨가 한 명 섞여 있는 듯한 느낌이었다. 어색한 교육원 생활 속에서 나는 인생 선배인 그 형님과 많은 대화를 나눴다. 어느 날, 그 형님이 툭 던진 말이 있었다.

"난 공무원은 '자'와 같아야 한다고 생각해."
"그게 무슨 말씀이세요?"
"자는 스스로 움직이지 않아. 그래서 세상 모든 것의 길이를 재는 기준이 되지. 때로는 딱딱하고 융통성 없어 보일지 몰라도, 그 자가 움직이는 순간 기준이 무너지는 거야. 공무원은 그런 기준이 되는 존재가 되어야 한다고 생각해."

그 형님의 말은 내 마음속에 깊이 박혔다. '자'와 같은 공무원. 움직이지 않는 기준이 되는 사람. 그 '자'가 되는 길은 쉽지 않지만, 진정으로 의미 있는 길이었다.

그 뒤, 농업 업무를 맡아 농민들을 위한 각종 보조사업을 담당할 때였다. 하루는 앳돼 보이는 젊은 부부가 쭈뼛거리며 내 앞에 앉았다. 새로 나온 농기계 보조사업을 신청하러 온 길이었다. 그들의 눈에는 희망과 불안이 뒤섞여 있었다. 하지만 그들이 가져온 서류는 안타깝게도 지원 요건에 몇 가지가 미달이었다. 나는 규정집을 보여주며 말했다.

"죄송하지만, 이 조건으로는 지원이 불가능합니다."

부부의 얼굴에 실망감이 스쳐 지나갔다. 나는 그 순간 그들에게 '융통성 없는 딱딱한 공무원'으로 보였을 것이다. 아마 마음속으로 '역시 공무원은 매뉴얼만 읊어주는 로봇이구나'라고 생각했을지도 모른다. 그런데 그들과 대화를 나누다 보니 말투가 어딘지 모르게 서울 말씨였다. 내 안의 '탐정 본능'이 발동했다.

"하지만, 잠시만요. 말투를 들어보니 여기 분이 아닌 것 같은데, 혹시 귀농하셨나요?"

그들은 놀라며 대답했다.

"네, 서울에서 이사 온 지 이제 두 달 좀 넘었어요."

그 순간 내 머릿속에 다른 규정집이 펼쳐졌다. 마치 셜록 홈즈가 사건의 실마리를 찾은 것처럼 말이다.

"그러면 이 보조사업이 아니라, '귀농인 정착 지원 사업'으로 신청하시는 게 훨씬 더 유리합니다. 제가 한번 찾아보겠습니다."

나는 관련 규정과 자료를 총동원하여 지원 사업들을 모조리 뒤졌다. 그리고 마침내 그들의 조건에 딱 맞으면서도 혜택은 훨씬 큰 지원 사업을 찾아냈다. 필요한 서류와 절차를 꼼꼼하게 적어주자 며칠 뒤 부부가 다시 나를 찾아왔다.

"덕분에 저희가 몰랐던 더 큰 지원을 받게 됐습니다. 그때 딱 잘라 안 된다고 하셨을 땐 정말 서운했는데, 저희 말투 하나 놓치지 않고 더 좋은 길을 찾아주실 줄은 몰랐습니다. 정말 감사합니다."

그들의 환한 웃음을 보는 순간, "아, 이 맛에 공무원 한다"는 생각이 들었다. 마치 게임에서 히든 퀘스트를 완료한 것 같은 쾌감이었다.

600원 때문에 30분 동안 욕을 먹던 그 순간에도 나는 여전히 ‘자’였다. 할머니의 분노 앞에서 굽힐 수도, 화를 낼 수도 없었던 것은 나의 나약함 때문이 아니라 움직이지 않는 기준이 되어야 한다는 사명감 때문이었다. 태풍 속에서도 굳건히 서 있는 등대처럼 말이다. 때로는 딱딱하고 융통성 없어 보일지라도, 그 자가 움직이는 순간 기준이 무너진다는 것을 알기 때문이었다.

하지만 진짜 ‘자’는 단순히 딱딱한 선만 긋는 것이 아니다. 자는 모든 것을 공평하게 재지만, 동시에 그 기준 안에서 가장 정확하고 최선의 길을 제시해 준다. 귀농 부부에게 더 나은 지원책을 찾아줄 때도 나는 같은 ‘자’였다. 기준 위에서 시민들에게 가장 좋은 길을 안내하는 나침반이었다. 단순한 ‘불가’ 통보가 아니라, 막힌 길옆에 숨겨진 ‘우회로’를 찾아주는 것이다.

말단 공무원은 누군가의 책상 서랍에서 뒹구는 닳고 닳은 플라스틱 ‘자’ 하나에 불과할지도 모른다. 하지만 그 자가 필요한 순간, 나는 기꺼이 가장 정확한 길이를 재어준다. 그 순간, 나는 이름 없는 말단 공무원이 아니라 세상의 무질서에 맞서는 기준점, 바로 그 작은 ‘자’가 된다. 그것이 내가 이 성을 떠나지 않는 이유 중 하나이다.

투자 게임 공략집 1 : 기초 훈련

지금부터 펼쳐질 페이지는 따뜻한 이야기가 아니라 차가운 공략집이다. 감성의 영역이 아니라 철저한 이성의 영역이다. 이곳은 이 책의 '히든 스테이지'이자 '하드 모드'다. 준비가 되었다면, 그리고 당신만의 게임에서 승리하고 싶다면 이제 나의 전술로 당신을 초대한다.

경고!

이 공략집은 당신을 일주일 만에 부자로 만들어주지 않는다. 오히려 지루한 과정을 묵묵히 견디라고 요구할 것이다. 세계는 잔혹하다. 시장은 언제나 당신의 멘탈을 시험할 것이며, 이 책에 적힌 모든 전략조차 단기적으로는 돈을 잃을 수 있다. 모든 투자의 책임은 당신 자신에게 있다. 그럼에도 불구하고 끝까지 살아남을 각오가 된 자만 다음 장을 넘기길 바란다.

들어가기 전에:
투자는 왜 돈이 될까?

우리는 앞으로 '기대수익률'이라는 숫자를 보게 될 것이다. 주식은 연 7~10%, 채권은 3~5%. 이 숫자들은 어디서 튀어나온 걸까? 그냥 과거에 그랬으니 미래에도 그럴 거라고 대충 짐작하는 걸까?

이 숫자들에는 자본주의의 심장과도 같은 원리, 즉 '리스크 프리미엄Risk Premium'이 숨어 있다.

당신에게 1억 원의 여유 자금이 생겼다고 상상해 보자. 이 돈을 1년간 굴릴 두 가지 선택지가 눈앞에 있다.

A안 : 친구가 '대박 아이템'이라며 꼬드기는 떡볶이집 개업에 투자한다. (성공 가능성은 미지수. 원금 전체를 잃을 수도 있다.)

B안 : 대한민국 정부가 발행한 1년 만기 국고채권을 매입한다. (대한민국 정부에 돈을 빌려주고 이자를 받는 것이다.)

자, 여기서 질문을 던져 보자. "어느 쪽이 돈을 더 벌 것인가?"가 아니다. 사업은 실패할 수도 있으니까. 진짜 질문은 이것이다.

"두 선택지 중, 어느 쪽의 '기대수익률'이 더 높아야 할까?"

답은 명백하다. 바로 A안이다. 친구의 사업이 실패하여 원금을 모두 날릴지도 모르는 '위험 Risk'을 감수하는 대가로, 당신은 B안보다 훨씬 더 높은 '기대 보상 Premium'을 요구할 것이다. 이 추가적인 기대 보상이 바로 '리스크 프리미엄'이다. 투자의 세계도 정확히 이와 같다.

주식에 투자한다는 것은 A안처럼 누군가의 사업(기업)에 당신의 돈과 꿈을 함께 싣는 행위다. 사업이 대박 나면 엄청난 수익을 함께 나누지만, 실패의 위험도 고스란히 감수해야 한다. 따라서 주식의 기대수익률, 즉 리스크 프리미엄은 당연히 높아야만 한다.

반면 채권에 투자한다는 것은 B안처럼 상대적으로 망할 확률이 낮은 주체에게 돈을 빌려주는 행위다. 위험이 적으니 리스크 프리미엄 역시 낮을 수밖에 없다.

만약 주식의 기대수익률이 채권보다 낮다면 어떤 일이 벌어질까? 아무도 위험을 감수하고 사업에 도전하거나 주식을 사려 하지 않을 것이다. 세상의 모든 돈은 안전한 곳으로만 흘러가고, 경제의 활력은 사라지며 자본주의라는 거대한 엔진은 멈추게 된다.

따라서 장기적으로 '주식 〉 채권 〉 현금' 순서로 수익률의 서열이 정해지는 것은 우연이 아니다. 자본주의 시스템이 유지되기 위한 '최소한의 약속'이자 거스를 수 없는 '자연법칙'이다.

이제부터 우리가 만날 선수(자산군)들의 기대수익률은 바로 이 법칙 위에서 결정된 그들의 타고난 역량인 셈이다. 어떤 선수가 우리 팀의 공격을 책임지고 어떤 선수가 골문을 지킬 것인지, 지금부터 선수들의 프로필을 하나씩 까보자.

당신의 팀원을
소개합니다

자, 이제부터 당신은 축구팀 감독이다. 당신의 지휘 아래, 승리를 향해 나아갈 '드림팀'을 만들어야 한다. 위대한 감독의 첫 번째 임무는 무엇일까? 바로 우리 팀의 선수가 될 이들의 강점과 약점, 그리고 성격까지 샅샅이 파악하는 것이다.

1. 주식 (포지션 : 공격수)

기대수익률 (장기 연 복리수익률) : 7~10%

주식은 '기업의 소유권을 잘게 쪼개어 갖는 증서'를 말한다. 팀에서는 가장 화끈한 득점력으로 자산을 불려주는 공격수 역할을 한다. 그런데 공격수를 영입하는 방법은 두 가지가 있다. '특정 선수 한 명'만 믿고 가는 방식(개별주 투자)과 리그 전체의 실력을 믿고 '리그 올스타팀'에 베팅하는 방식(지수 투자)이다.

특정 선수 한 명에게 집중 투자(개별주 몰빵)하는 것은 지극히 위험하다. 그 선수가 갑자기 부상을 당하거나(기업 리스크), 시대에 뒤떨어져 기량이 쇠퇴하면(산업의 변화) 팀 전체가 나락으로 갈 수 있기 때문이다. 그래서 우리는 '리그 올스타팀'에 투자하는 편이 안전하다. 바로 '지수'와 'ETF'가 이 역할을 한다.

'지수 Index'란? 쉽게 말해 시장의 흐름을 숫자로 나타낸 '시장 전체의 성적표'다. 하지만 단순한 평균 점수는 아니다. 정확히는 '시가총액 가중 방식'으로 산출된 점수다. 이는 전교생의 성적을 똑같이 1/N로 반영하는 '동일 가중' 방식이 아니라, '전교 회장(대장주)'의 성적이 학교 평균에 훨씬 더 큰 영향을 미치도록 설계된 구조다.

대표적으로 한국의 코스피 지수는 1980년의 시가총액을 기준(100)으로 놓고 현재 한국 주식시장 전체 덩치가 얼마나 커졌는지를 보여주는 지표고, 미국의 S&P 500 지수는 1941~1943년의 시가총액을 기준(10)으로 놓고 미국을 대표하는 500개 우량 기업의 성장세를 지수화한 것이다.

우리는 개별 선수(개별주)가 다음 경기에 골을 넣을지 말지 점 치는 대신, 리그 전체의 덩치와 가치가 장기적으로 커질 것이라 는 자본주의의 시스템 자체에 베팅하는 것이다.

이렇게 지수에 투자하면, 실력 없는 선수는 알아서 방출되고 (지수 편출) 잘하는 선수는 새로 영입되는(지수 편입) 시스템이 작동한다. 마치 구단이 폼이 떨어진 노장 선수는 2군으로 보내고, 2군에서 펄펄 나는 슈퍼루키를 1군으로 편입해 팀 전력을 항상 최상으로 유지하는 '무한 리빌딩'과 같다. 덕분에 지수 자체는 장 기적으로 우상향한다. 이것이 주식 투자를 개별주가 아닌 지수로 시작해야 하는 이유다. 떨어지더라도 다시 상승한다는 믿음을 가 질 수 있기 때문이다.

'ETFExchange Traded Fund, 상장지수펀드'란? 그 '리그 올스타팀(지 수)'에 소속된 모든 선수(기업)를 조금씩 다 사서, 하나의 '선수 단 패키지'로 만들어 놓은 상품이다. 우리가 몇만 원짜리 S&P 500 ETF 한 주를 사면 미국 최고 기업 500개의 주식을 전부 조 금씩 사는 것과 똑같은 효과를 낸다. 당연히 주식 배당금도 받는 다.(ETF에서는 이를 '분배금'이라고 부른다.) 운용 수수료도 아 주 저렴하다. 마치 거대한 급식소에서 대량으로 조리해 단가를 낮추는 것과 같은 원리다.

공격수(주식)는 컨디션이 좋으면 한 시즌에 30골도 넣지만, 슬럼프(경제 위기)가 오면 거짓말처럼 힘을 못 쓴다. 즉 멘탈이 약하다. 문제는 이 슬럼프가 1~2주가 아니라, 10년 넘게 이어질 수도 있다는 점이다. '기복(높은 변동성)'은 이 포지션의 숙명이다.

가장 안전하다는 S&P 500조차도 2000년 고점을 회복하기까지 13년이라는 긴 침묵을 견뎌야 했다. 당신이 만약 공격수만 믿고(주식 몰빵) 13년을 기다려야 한다면? 그건 투자가 아니라 고문이다. 이것이 우리가 팀에 수비수를 반드시 둬야 하는 이유다.

2. 채권 (포지션 : 수비수)

기대수익률 (장기 연 복리수익률) : 3~5%

공격수들이 뚫렸을 때, 1차로 상대의 공격을 막아내는 든든한 수비수다. 이 수비수의 진가는 위기 상황에서 드러난다. 왜 위기에 강할까? 비밀은 '금리'에 있다.

아주 쉽게 생각해 보자. 당신이 '연이율 5%짜리 예금'에 가입했다고 치자. 그런데 다음 날, 정부가 기준금리를 내려서 시중의 모든 예금 금리가 1%가 되어버렸다. 그럼 어떻게 될까? 당신이 가진 '5%짜리 황금 예금'은 갑자기 아무나 가입할 수 없는, 아주 귀한 한정판 명품이 된다.

　채권의 가격 상승 원리가 바로 이것이다. 채권은 '사고팔 수 있는 예금'이라고 생각하면 쉽다. 경제 위기가 터져 모두가 공포에 떨면, 정부는 경기를 살리기 위해 '금리 인하'라는 카드를 쓴다. 그 순간, 이미 발행된 높은 금리의 옛날 채권들은 엄청나게 귀해지고 가격이 오른다. 즉, 공격수(주식)가 얻어터지고 있을 때 정반대로 몸값이 오르며 손실을 막아주는 역할을 한다. 화려하진 않지만, 이 선수가 없으면 절대 강팀이 될 수 없다.

　하지만 수비수이다 보니 소심해서 득점력(수익률)은 낮은 편이다. 또한 정해진 돈을 받기 때문에, 물가가 폭등하는 큰 인플레이션이 오면 실질 수익률이 떨어지는 약점이 있다.

3. 금 (포지션 : 골키퍼)

기대수익률 (장기 연 복리수익률) : 4~8%

　팀의 최후의 보루. 수비수마저 뚫리는 최악의 상황, 즉 경기장 전체가 진흙탕이 되는 혼돈(극심한 인플레이션, 전쟁) 속에서 빛을 발한다. 모두가 무너질 때, 수천 년간 검증된 '진짜 돈'으로서의 가치를 증명하며 팀의 전멸을 막아내는 수문장이다.

이 골키퍼의 가치는 '절대적 희소성'에서 나온다. 인류는 지구에 있는 금의 80% 이상을 이미 채굴했고, 현재의 채굴 기술과 속도를 기준으로 했을 때 수십 년 내에 고갈될 수 있다는 전망이 나온다. 즉, 금은 유한할 뿐만 아니라 그 끝이 보이는 자산이라는 의미다.

애초에 금은 별과 별이 부딪히는 우주적 대폭발에서나 겨우 만들어지는, 지구에서는 생산이 불가능에 가까운 초희귀 금속이다. 그래서 종이돈의 가치가 휴지 조각이 될 때, 사람들은 본능적으로 이 유일무이한 골키퍼를 믿고 의지하는 것이다.

그러나 치명적인 단점이 있다. 이자나 배당이 한 푼도 없고, 성격이 괴짜라서 변동성이 심하다.

4. 비트코인 (포지션 : 신인 유망주)

기대수익률 : 측정 불가 (역대 최고 수익률과 최악의 손실률 동시 보유)

아직 검증되지 않았지만, 잠재력 하나는 역대급인 신인 선수. 이 선수의 잠재력 역시 '프로그래밍된 희소성'에 기반한다. 총공급량이 2,100만 개로 완벽하게 제한되어 있으며, 이미 95% 이상이 채굴되었다. 마지막 코인이 채굴되는 2140년 이후에는 누구도 이 선수를 더 만들어낼 수 없다.

그러나 성격이 심각한 '기분파'다(폭등과 폭락을 반복). 미래에 역사의 한 획을 긋는 스타가 될 수도 있지만, 그냥 그런저런 선수로 사라질 수도 있는 미지의 존재다. 그 예측 불가능함이 매력이자 리스크다.

이제 우리 손에는 최고의 선수들이 모두 모였다. 하지만 위대한 감독은 최고의 선수들을 모으는 데서 그치지 않는다. 이들을 어떻게 '조합'하고 '운용'해야 승리할 수 있을까? 다음 장에서는 이 선수들을 왜, 그리고 어떻게 섞어야 무적의 팀이 탄생하는지, 그 승리의 핵심 전술을 파헤쳐 본다.

감독의 요약 노트

1. 이 챕터의 핵심 목표

– 선수들의 스탯과 프로필을 정독하고 파악할 것.

2. 선수 4인방

포지션	선수명	기대 수익률	핵심 역할	결정적 순간	리스크
공격수	주식	7~10%	팀의 주 득점원	시장 성장기	높은 변동성, 경제 위기 시 큰 폭 하락
수비수	채권	3~5%	든든한 버팀목	경제 위기, 금리 인하기	낮은 수익률, 인플레이션 위험
골키퍼	금	4~8%	최후의 보루	극심한 인플레이션, 전쟁 등 시스템 붕괴	생산성 부재(이자/배당 없음)
유망주	비트코인	측정 불가	하이리스크 카드	디지털 자산 시대 개화	극심한 변동성, 제도적 불확실성

감독의 한마디!

"화려한 공격 축구는 관중을 부르지만, 단단한 수비 축구는 우승컵을 부른다. 제발 수비수(채권, 금)를 무시하지 마라."

박수 칠 때 떠나라

자, 이제 우리 손에는 화려한 공격수(주식), 든든한 수비수(채권), 최후의 보루인 골키퍼(금), 그리고 신인 유망주(비트코인)까지 드림팀을 꾸릴 선수들이 모두 모였다. 여기서 대부분의 초보 감독은 이런 실수를 저지른다.

"수비는 무슨 수비냐! 닥치고 공격! 11명 전부 공격수로 채우면 무조건 이기겠지!"

과연 그럴까?

첫 번째 전술 : 분산 투자

공격수만 11명으로 팀을 짜면 어떻게 될까? 약팀을 상대로는 대량 득점을 할 수도 있을 것이다. 하지만 진짜 강팀(경제 위기)을 만나면, 수비가 없어서 내내 두들겨 맞다가 처참하게 무너지고 만다.

투자도 똑같다. 전 재산을 공격수인 '주식'에만 투자하면 시장이 좋을 때는 엄청난 수익을 내는 것처럼 보이지만, 시장이 한번 꺾이는 순간 계좌는 텅 빈 골대처럼 속수무책으로 털리게 된다. 그래서 우리는 팀의 밸런스를 맞춰야 한다. 공격수가 앞으로 달려 나갈 때 수비수는 뒤에 남아 빈 공간을 든든하게 지켜주는 것처럼, 서로 동선이 겹치지 않게 선수를 배치하는 것이다. 이처럼 선수들이 얼마나 서로 다르게 움직이는지를 나타내는 지표가 바로 '상관관계'다.

이 관계는 -1부터 1까지의 숫자로 표현되는데, 1에 가까울수록 (상관관계가 높을수록) 최악의 조합이다. 마치 공격수 두 명이 똑같은 곳으로만 뛰어 들어가, 상대 수비수 한 명에게 모두 막히는 꼴이기 때문이다.

반대로 -1에 가까울수록(상관관계가 낮을수록) 환상의 조합이다. 공격수가 골을 넣으러 뛰쳐나갈 때, 수비수는 묵묵히 자기 골문을 지키는 것처럼 서로 다른 역할을 수행하기 때문이다. 이런 팀은 어떤 위기에서도 쉽게 무너지지 않는다.

아래 표는 각 선수(자산군)가 서로 얼마나 다르게 움직이는지를 보여주는 '팀워크 궁합표(상관관계 표)'다.

자산군별 상관관계 표

	주식	채권	금	비트코인
주식	1	−0.3	0.1	0.2
채권	−0.3	1	−0.1	0
금	0.1	−0.1	1	0.1
비트코인	0.2	0	0.1	1

※ 위 수치는 장기적인 평균값이며, 시기에 따라 변동될 수 있다.

표에서 가장 주목할 부분은 '주식과 채권'의 음(−)의 상관관계다. 우리 팀의 공수 밸런스를 잡아주는 핵심적인 조화가 바로 이 숫자에서 비롯된다. 반면 금과 비트코인은 다른 자산과 뚜렷한 연관성 없이 독립적으로 움직이는 '조커' 카드에 가깝다는 점도 흥미롭다.

가만히 들여다보면 모든 자산에는 저마다의 결핍이 있다. 주식은 변동성에 취약하고, 채권은 수익성이 아쉽다. 금은 생산성이 없고, 비트코인은 안정감이 없다. 홀로 서 있는 그들은 언제나 위태롭다.

하지만 이 불완전한 존재들이 모이면 이야기가 달라진다. 서로의 결핍을 보완하며 팀 전체는 놀라울 정도로 견고해진다. 이는 자연의 섭리와도 닮았다. 유전적으로 다른 형질이 결합할 때 생명력이 더 강해지는 것처럼, 투자 역시 서로 다른 성향의 자산이 만날 때 비로소 빛을 발한다.

서로 다른 선수들을 최적의 비중으로 조합하여, 불패의 팀을 만드는 것. 이것이 바로 우리가 취해야 할 강력한 전술, '분산 투자'다.

두 번째 전술 : 리밸런싱

밸런스 있는 팀을 짰다고 끝이 아니다. 시간이 지나면 반드시 문제가 생긴다. 우리 팀 공격수(주식)가 너무 잘해서 혼자 10골을 넣었다고 치자. 그럼 팀 전체의 가치에서 공격수가 차지하는 비중이 지나치게 커진다. 팀이 아니라 '원맨팀'이 되는 것이다. 이 상태로 계속 가면, 그 공격수 하나가 막히는 순간 팀 전체가 위험해진다.

여기서 위대한 감독은 언뜻 보기에 이해할 수 없는 '전술 교체'를 감행한다. 바로 '리밸런싱 Rebalancing, 자산 비중 재조정'이다.

리밸런싱이란 너무 잘나가서 비싸진 자산은 일부 팔아 수익을 확정 짓고, 그 돈으로 부진해서 싸진 자산을 더 사들여 처음에 설정한 비중으로 되돌리는 과정을 말한다.

"아니, 잘나가는 선수를 팔고 부진한 선수를 사라고? 상식적으로 이해가 안 되는데?"

그래, 맞다. 언뜻 보기엔 인간의 본능에 반하는 비상식적인 행동처럼 보인다. 하지만 여기에 마법이 숨어 있다. 이것이 바로 모든 투자자가 꿈꾸지만 감정 때문에 실패하는 '싸게 사서 비싸게 파는' 행위를 시스템으로 강제하는 장치이기 때문이다.

우리의 감정은 뜨겁게 달아오른 자산에 더 투자하고 싶어 하고, 차갑게 식어버린 자산은 쳐다보기도 싫어하는 편향을 가지고 있다. 리밸런싱은 바로 그 파멸로 이끄는 감정적 본능에 '기계적인 제동'을 거는, 가장 이성적인 투자 행위다. 결국 리밸런싱이란 세상에서 가장 어렵다는 '박수 칠 때 떠나라'를 내 의지가 아닌 시스템으로 강제하는 것이다.

이해를 돕기 위해, 리밸런싱을 한 영희와 그렇지 않은 철수의 2년간 투자 성과를 따라가 보자. 두 사람의 운명이 한번의 '전술 교체'로 어떻게 달라지는지 지켜보는 것은 무척 흥미로울 것이다.

두 사람은 똑같이 200만 원으로 공격수(주식)와 수비수(채권)의 비중을 각각 50%로 맞춘 포트폴리오를 구성했다. 상황은 이렇다. 첫해에는 공격수가 100% 폭등하고 수비수는 50% 폭락했다. 다음 해에는 정반대로 공격수가 50% 폭락하고 수비수가 100% 폭등하여, 결국 2년 뒤 모든 선수의 개별 몸값은 처음 그대로 돌아왔다고 가정하자.

리밸런싱 유무에 따른 자산 변화 비교

시점	항목	철수 (리밸런싱 X)	영희 (리밸런싱 O)
시작	공격수(주식)	100만 원	100만 원
	수비수(채권)	100만 원	100만 원
	총자산	200만 원	200만 원
1년 후 (리밸런싱 전)	공격수(주식)	200만 원 (+100%)	200만 원 (+100%)
	수비수(채권)	50만 원 (−50%)	50만 원 (−50%)
	총자산	250만 원	250만 원
리밸런싱 실행	공격수(주식)	200만 원 (유지)	125만 원 (75만 원 매도)
	수비수(채권)	50만 원 (유지)	125만 원 (75만 원 매수)
2년 후 (최종 결과)	공격수(주식)	100만 원 (−50%)	62.5만 원 (−50%)
	수비수(채권)	100만 원 (+100%)	250만 원 (+100%)
	총자산	200만 원	312.5만 원
최종 성과	수익/손실	0원 (본전)	+112.5만 원 (수익)

표를 보면 모든 것이 명확해진다. 1년 후, 철수는 비대해진 주식 비중을 그대로 방치했다. 하지만 영희는 "밸런스가 무너졌군"이라는 판단 아래, 총자산 250만 원을 다시 50:50으로 맞추는 리밸런싱을 실행했다.

결과적으로 똑같이 투자했음에도 영희는 '리밸런싱'이라는 단 한번의 전술 교체만으로 철수보다 112.5만 원을 더 벌었다. 개별 자산의 가격은 2년 전과 똑같이 제자리로 돌아왔는데도 말이다. 이것이 바로 시장의 피할 수 없는 '변동성'을 오히려 '수익'으로 바꿔버리는, 리밸런싱의 마법이다.

그렇다면 언제 이 전술 교체를 해야 할까? 정답은 없다. 어떤 감독은 6개월, 어떤 감독은 1년마다, 또 어떤 감독은 자산 비중이 목표치에서 일정 부분 이상 벗어났을 때 리밸런싱을 한다. 너무 자주 하면 수수료만 나가고, 너무 안 하면 밸런스가 무너진다.

물론 앞서 본 사례는 리밸런싱의 효과를 극명하게 보여주기 위한 가상의 시나리오다. 그렇다면 복잡한 현실 시장에서도 이 원리가 통할까? 다음 차트를 통해 확인해 보자.

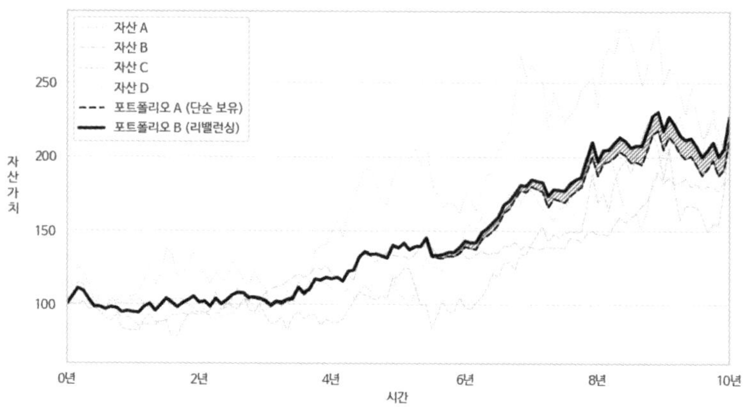

※ 위 차트의 자산 움직임은 독자의 이해를 돕기 위해 실제 시장의 변동성 및 상관관계를 바탕으로 재구성하였다.

위 차트는 4가지 자산(A, B, C, D)과 각각의 자산에 25%씩 투자한 포트폴리오 A, 그리고 주기적으로 리밸런싱한 포트폴리오 B를 보여준다.

개별 자산들은 제각각 움직인다. 하나에만 투자했다면 천국과 지옥을 오갔을 것이다.

포트폴리오 A는 4개 자산을 사고 그대로 두었을 때의 결과다. 이렇듯 분산 투자만 하더라도 개별 자산보다 훨씬 안정적임을 확인할 수 있다.

포트폴리오 B는 주기적으로 비싸진 자산을 일부 팔고, 싸진 자산을 더 사서 비중을 25%로 맞춘(리밸런싱) 결과다.

놀랍게도 포트폴리오 B가 안정성도, 수익률도 가장 높다. 빗금으로 표시된 부분이 리밸런싱으로 얻은 추가 수익이다. 이를 '리밸런싱 보너스' 또는 '리밸런싱 알파'라고 한다.

분산 투자는 경기에 나서기 전 최강의 라인업을 짜는 '설계'의 영역이다. 리밸런싱은 경기가 시작된 후 끊임없이 팀을 최적화하는 '운용'의 영역이다. 이 두 가지를 시스템으로 받아들이고 수행하는 것. 그것이 바로 '자산 배분 투자'다.

감독의 요약 노트

1. 이 챕터의 핵심 목표

- 공격수(주식)에게만 의존하다가 강팀(경제 위기)을 만나 전멸하는 것을 막는다.
- 감정에 휘둘리지 않고 기계적으로 수익을 확정 짓는 시스템을 구축한다.

2. 첫 번째 전술 : 분산 투자 (팀 밸런스 맞추기)

- 원칙 : 서로 다른 성격의 선수들을 섞어라. 공격수 11명으로는 절대 우승 못 한다.
- 핵심 지표 : 상관관계 (−1에 가까울수록 좋다.)
- 이유 : 공격수가 골을 못 넣고 부진할 때, 수비수가 철벽 방어로 실점을 막아 팀 전체의 패배를 막아준다. 이 둘의 '엇박자'가 우리 팀의 생명줄이다.

3. 두 번째 전술 : 리밸런싱 (전술 교체)

- 개념 : 너무 잘해서 비싸진 선수를 일부 팔아 수익을 챙기고, 그 돈으로 부진해서 싸진 선수를 더 사서 처음에 설정한 비중으로 되돌리는 것.
- 효과 : 인간의 본능(비싼 거 더 사고 싶은 욕심)을 억제하고, 투자의 정석인 '싸게 사서 비싸게 파는' 행위를 시스템으로 강제한다.
- 마법의 보너스 : 자산 가격이 오르내리다 제자리로 돌아와도, 리밸런싱을 꾸준히 한 팀은 변동성을 수익으로 바꾸는 '리밸런싱 보너스'를 챙긴다.

· 감독의 한마디!
"리밸런싱은 가장 화려하게 골을 넣은 선수를 벤치로 불러들이
는 고독한 결정이다. 하지만 명심해라. 박수 칠 때 떠나야 그 수
익이 진짜 내 것이 된다."

지방에서 삶의 밀도를 높이는 법

한 줄기 빛,
그녀

권태가 사랑의 시작이 될 수 있을까? 그 해답을 인구 3만의 작은 시골에서 찾게 될 줄은 꿈에도 몰랐다.

당시 영주에는 멀티플렉스 영화관 하나 없었다. 퇴근 후의 저녁은 너무나 길었고, 주말은 더 길었다. 대도시 친구들이 퇴근 후 홍대에서 술잔을 기울이고 주말이면 페스티벌을 찾아 헤맬 때, 나는 권태라는 감옥 안에서 TV 채널만 무의미하게 돌리고 있었다. 하지만 그 잿빛 시간의 감옥 벽에 아주 작은 균열이 생겼다. 그 틈으로 한 줄기 빛처럼 그녀가 나타났다.

공무원은 신규 임용 후 도 단위로 모여 교육을 받는다. 영주는 경상북도 소속이라 나는 3주간 경상북도 교육원에 입소했다. 그곳은 포항, 구미, 안동 등 경북 각지에서 모인 새내기 공무원들로 가득했다. 그리고 나는 그곳에서 봉화군청 소속의 그녀를 만났다.

봉화군. 인구 3만이 채 안 되는 시골 중의 시골이다. 아는 사람은 다 아는 속옷 회사 BYC의 이름을 딴, 경북 오지의 대명사 봉화(B), 영양(Y), 청송(C)의 첫 글자를 당당히 차지하는 곳이다.

"어디서 오셨어요?"
저녁 회식 자리에서 처음 만났을 때 내가 물었다.
"봉화요."
"아, BYC의 B!"
"…네, 맞아요."

내 멍청한 농담에 그녀는 '또 시작이군…' 하는 표정으로 씁쓸하게 웃었다. 백 번은 들었을 그 지겨운 농담에 대한 체념과, 그럼에도 웃어주는 작은 친절이 뒤섞인 미소. 그 미소를 보는 순간 내 머릿속에서 아주 비합리적인 경보가 울렸다. '위험하다. 저 여자한테 잘못 걸리면 내 인생 전체가 저당 잡힐지도 모른다!' 그런데 이상하게도 그 경보음이 싫지 않았다. 아니, 오히려 기꺼이 그 위험 속으로 걸어 들어가고 싶어졌다.

우리의 연애는 말 그대로 '지방 생활의 재발견'이었다. 도시에서의 연애가 북적거리는 카페에서 상대방의 목소리가 잘 안 들려 "응?" "뭐라고?"를 반복하는 스트레스 섞인 연애였다면, 우리의 연애는 고요함 속에서 서로에게만 온전히 집중하는 힐링 연애였다.

가로등 불빛만 남은, 인적이 끊긴 공원의 벤치가 우리만의 프라이빗 영화관이 되었고, 가로등 불빛만이 반짝이는 강변도로는 세상에서 가장 로맨틱한 드라이브 코스가 되었다. 왁자지껄한 소음이 사라지자 비로소 서로의 목소리가 들리기 시작했다. 세상에 오직 우리 둘만 남은 것 같은 충만함. 바람 소리와 벌레 우는 소리까지 들리는, 그야말로 진정한 자연 ASMR이었다.

어느 날 밤, 그녀는 내 손을 잡고 동네 뒷산 배수지로 향했다. 그녀만의 비밀 장소였다. 휴대폰 손전등을 끄자 칠흑 같은 어둠이 우리를 감쌌다. 그런데 잠깐, 뭔가 이상했다. 하늘이 너무 밝았다.

거대한 은하수가 우리 머리 위로 쏟아져 내리고 있었다. 도시에서는 평생 한번 보기도 힘든, 압도적인 우주의 파노라마였다. 입에서 "와" 하는 탄성이 저절로 터져 나왔다. 우리는 서로 별자리를 찾았다. 저건 카시오페이아, 저건 사자자리. 한참 동안 별을 보던 그 순간, 별 하나가 은색 눈물을 흘리며 떨어졌다. 별똥별이었다.

“얼른 소원 빌어!”

그녀는 아이처럼 눈을 감고 손을 모았다. 나도 눈을 감았다. 하지만 내 소원은 이미 정해져 있었다. 이 우주보다 더 거대한 세상, 바로 저 여자의 세상 속에 내가 들어가게 해달라고. 그날 밤, 나는 내 인생에서 가장 이기적인 기도를 올렸다.

“결혼? 벌써? 집은? 돈은? 혹시…?”

내 결심을 들은 도시 친구들은 마치 내가 사이비 종교에 빠진 것처럼 걱정했다. 그들에게 나는 철없는 놈이었고, 지방은 기회 없는 땅이었다. 그들의 걱정 뒤에는 수억 원짜리 전셋집과 지옥 같은 출퇴근 시간에 대한 피로가 묻어 있었다.

하지만 지방에서는 우리처럼 20대 중후반에 결혼해서 자리 잡는 친구들이 제법 많았다. 실제 통계를 봐도 지방의 평균 결혼 연령이 대도시보다 한두 살 어리다. 이유는 간단했다. 첫째, 집값이 합리적이다. 둘째, 남과 비교할 대상이 적어서 상대적 박탈감이 덜하다. 수도권 친구들이 “집값 때문에 결혼은 다음 생에나…”라며 한숨 쉴 때, 우리는 현실적인 행복의 방정식을 찾아냈다.

우리가 모은 작은 돈 반 스푼에 대출 몇 스푼을 더해 우리만의 아늑한 보금자리를 마련했다. 우리가 마련한 신혼집은 소형 아파트였다. 가격은 서울 고급 아파트의 화장실 한 칸 살 돈도 안 되는 수준이었다. 대출이 꽤 있었지만, 우리 둘이 벌면 몇 년 안에 충분히 갚을 수 있는 금액이었다.

위치는 그녀의 직장이 있는 봉화였다.
"봉화에서 영주까지 매일 출퇴근하기엔 너무 멀지 않아?"
그녀가 걱정스럽게 물었다.
"30분이 뭐가 멀어?"

지방의 출퇴근 감각은 대도시와 정말 달랐다. 우리 부서 직원들의 평균 출퇴근 시간은 길어야 20분, 보통은 10분 컷이다. 30분이면 "아이고, 오늘 어디 출장 가세요?" 소리를 듣는 거리다. 도시 친구들에게는 꿈같은 이야기지만, 여기서는 나름 장거리 통근이었다. 나는 기꺼이 그 '장거리' 출퇴근을 감수하기로 했다.

아내는 5분 컷, 나는 30분 컷. 아침마다 변화하는 산 풍경을 보며 출근하는 재미가 쏠쏠했다. 봄에는 벚꽃, 여름에는 푸르른 신록, 가을에는 단풍, 겨울에는 설경. 도시의 지하철에서는 절대 볼 수 없는 사계절 라이브 드라이브였다. 매일 아침 자연이 선사하는 무료 공연을 VVIP 석에서 독점 관람하는 셈이었다. 때로는 고라니나 너구리가 도로를 가로지르기도 하고, 때로는 안개가 산을 감싸 신비로운 풍경을 연출하기도 했다. 나는 자연이 주는 힐링을 만끽하며 여유롭게 출근했다.

그렇게 우리는 부부가 되었다. 혼자서는 권태롭기만 했던 지방의 텅 빈 시간이 그녀와 함께하니 모든 것을 채울 수 있는 충만한 공간이 되었다. 할 것 없던 주말이 둘만의 달콤한 시간이 되었고, 심심했던 저녁이 서로의 꿈을 나누는 소중한 시간으로 변했다.

어쩌면 이 모든 것은 텅 빈 공원과, 밤하늘의 은하수와, 감당할 수 있는 집값을 기꺼이 내어준 '지방'이라는 무대가 있었기에 가능했을지도 모른다.

만약 대도시에 있었다면 수많은 선택지와 자극 속에서 정작 중요한 것을 놓쳤을지도 모른다. 하지만 여기서는 달랐다. 선택지가 적었기에 오히려 정말 소중한 것에 집중할 수 있었다. 텅 비어 있었기에 서로의 온기를 온전히 채울 수 있었다. 누군가는 "심심해서 결혼했다"고 하면 비웃겠지만, 진심이다.

심심했기에 눈을 마주쳤고, 심심했기에 손을 잡았고, 심심했기에 서로에게 집중할 수 있었다. 어쩌면 인생에서 가장 중요한 일은 그렇게, 딱히 할 일이 없을 때 벌어지는 것 아닐까?

지방 플렉스가
터진다

아내는 이 '문화 사막'의 베테랑 탐험가다. 마치 인디아나 존스가 전설 속 유적을 찾듯, 그녀는 메마른 땅에 숨겨진 오아시스를 기가 막히게 찾아낸다.

"여보! 유키 구라모토 콘서트 한대!"

"어디서? 서울?"

"아니, 안동 예술의 전당에서! 그것도 2만 원!"

"…헐. 서울이면 10만 원인데?"

이런 대화가 우리 집의 일상이다. 그녀는 이제 지역 예술회관 홈페이지를 고대 보물 지도처럼 탐독하고, 맘카페의 정보를 암호

해독하듯 분석하는 경지에 이르렀다. 그녀의 손에 걸리면 지방의 모든 문화 행사는 우리 부부의 독차지가 된다.

"지방은 문화생활이 없다"고? 이건 완전한 착각이다. 마치 "서울에만 공기가 있고 지방에는 숨 쉴 게 없다"는 소리와 같다. 물론 BTS 월드 투어나 브로드웨이 오리지널 팀은 오지 않는다. 하지만 솔직히 말해보자. 서울 산다고 매주 내한 공연을 보는가? 한번 볼 때마다 한 달 용돈이 날아가는데 말이다.

정말 보고 싶으면? 그냥 서울에 가면 된다. KTX로 1시간 40분이면 도착이다. 오후에 출발해서 공연 보고 밤차 타고 오면, 다음 날 아침에 멀쩡히 출근할 수 있다. 이것이 바로 '선택적 문화생활'이자, 결핍이 아닌 가장 효율적인 '선택과 집중'이다.

덕분에 우리는 문화적 잡식 공룡이 되었다. 유키 구라모토의 감성적인 피아노 선율에 취하고, 어쿠스틱 카페의 바이올린에 몸을 맡기며, 〈라 트라비아타〉의 비극적 아리아에 눈물 흘리고, 〈호두까기 인형〉의 환상적인 발레에 가슴이 설레었다.

여기서 진짜 '지방 플렉스'가 터진다. 지방은 이런 공연에 관심 있는 사람들이 상대적으로 적고, 유료 공연은 물론 무료 공연조차 경쟁이 심하지 않다. 서울 친구들이 '피켓팅(피 튀기는 티켓팅)’에 실패하며 좌절의 눈물을 흘릴 때, 우리는 예매 당일 여유롭게 접속해 보란 듯이 ‘VIP급 자리’ 예매에 성공한다.

그렇게 우리는 프리마돈나의 숨소리까지 들을 수 있었다. 무대 위 배우들의 땀방울이 조명에 반짝이고, 지휘자의 열정적인 손짓이 손에 닿을 듯 가까웠다. 심지어 어느 피아노 콘서트에서는 거장이 아주 미세하게 건반을 잘 못 누르는 소리, 그 인간적인 ‘삑사리’마저 생생하게 잡아냈다. 음원으로는 절대 들을 수 없는, 오직 현장 관객에게만 허락된 거장의 귀여운 실수였다. 이건 돈 주고도 못 사는 경험이다.

영주에도 멀티플렉스가 생겼다. 영화광인 나는 가뭄의 단비를 만난 기분이었다. 하지만 이곳 영화관은 서울과 완전히 달랐다. 사람이 ‘적절히’ 없었다. 서울에서 영화를 볼 때의 그 복잡함, 좌석 선택 전쟁, 팝콘 사는 긴 줄… 그런 스트레스가 전혀 없었다. 대신 개인 전용 영화관을 빌린 기분이었다.

한번은 공포 영화를 보러 갔는데, 상영관 문이 닫히는 순간 깨달았다. 나 혼자였다. 완전히, 철저히, 100% 혼자였다. 말 그대로 영화관 전세를 낸 것이다. 그날 나는 생애 가장 완벽한 공포를 체험했다.

이런 '가성비 플렉스'는 단순히 보고 즐기는 문화생활에서 그치지 않고, '나 자신을 성장시키는' 자기계발 영역에서 화룡점정이었다.

아내는 월요일과 수요일 저녁이면 요가 교실에 간다. 1년 과정 전체 수강료가 고작 3만 원이다. 화요일에는 중국어 원어민 회화 수업을 듣는다. 16주 과정의 수강료는 단돈 1만 원. 수영장은 한 달에 3만 원이면 자유 수영과 강습까지 모두 해결된다. 아내는 이제 상급반에서 유유히 물살을 가른다.

이것이 어떻게 가능할까? 대부분 지자체에서 운영하는 프로그램들이기 때문이다. 더 놀라운 것은 이 모든 프로그램이 '신청만 하면 당첨'이라는 점이다. 서울에서는 인기 강좌 하나 들으려면 광클 전쟁을 치러야 하지만, 이곳에서는 경쟁자가 거의 없다. 배우고자 하는 의지만 있다면 모든 기회는 나의 것이다.

나 역시 이 혜택을 마음껏 누리고 있다. 베트남어 수업을 듣기 시작했고, '남성 요리 교실'에도 참여했다. 이 요리 교실은 심지어 '무료'다. 나는 그곳에서 갈비찜 만드는 법을 배워 종종 근사한 저녁을 차린다.

심지어 이 어설픈 실력으로 지역 축제 요리대회에 나가 '은상'

을 거머쥐는 기적까지 맛봤다. 사실 처음엔 망설였다. 아내는 집밥의 고수였지만, 나는 고작 무료 강좌에서 칼질이나 배운 초보였으니까.

우리는 비장하게 출사표를 던졌다. 메뉴는 '아내표 특제 파스타'. 우리는 축제장 한복판에서 땀을 뻘뻘 흘리며 면을 삶고 소스를 볶았다. 그런데 막상 가보니 이곳은 넷플릭스 〈흑백요리사〉 같은 살벌한 서바이벌 현장이 아니었다. 지원자가 적어서 누구나 마음만 먹으면 선수가 될 수 있는, 그야말로 '블루오션'이었다.

덕분에 우리는 당당히 은상을 차지했다. 두둑한 상품권과 상장, 무엇보다 무대 위에서 아내와 마주 보며 터뜨린 웃음은 그날의 가장 큰 수확이었다. 서울이었다면 예선 탈락은커녕 참가 신청조차 힘들었을 무대다. 하지만 이곳에서는 달랐다. 경쟁이 치열하지 않다는 것, 그것은 조금만 용기를 내면 언제든 무대의 '주인공'이 될 수 있다는 뜻이기도 했다.

대도시에서는 모든 것을 수백만 명과 나눠 가져야 한다. 좋은 공연 표, 좋은 영화관 자리, 심지어 문화적 감동까지도. 하지만 지방에서는 다르다. 내가 원하는 만큼, 내가 원하는 방식으로, 온전히 나만의 문화생활을 즐길 수 있다. 가끔 더 화려한 공연이 보고 싶을 때는 주말에 서울로 '문화 원정'을 떠나면 된다.

평소에는 지방에서 조용하고 깊이 있는 문화생활을 즐기다가, 가끔 서울에서 화려한 공연을 보는 것. 이것이 바로 '하이브리드 문화생활'의 묘미다. 마치 투자에서 자산 배분을 하듯 문화생활에도 '지역 배분'을 하는 셈이다.

결국 중요한 것은 '얼마나 많은 선택지가 있느냐'가 아니라 '얼마나 깊이 있게 즐기느냐'인 것 같다. 도시에는 무수히 많은 공연과 전시가 있지만, 그 많은 선택지 때문에 오히려 선택 장애에 빠지기 쉽다. 무엇을 봐야 할지 모르겠고, 봐도 금세 잊어버린다. 하지만 지방에서는 다르다. 선택지가 제한되어 있기에 오히려 더 집중해서, 더 깊이 있게 문화를 즐길 수 있다.

아내가 자주 하는 말이 있다.
"여보, 우리 진짜 문화 부자야!"

그래, 맞다. 몇만 원으로 VIP 대우를 받고, 전용 영화관을 갖고, 거의 무료로 새로운 기술을 배우는 삶. 이것이 바로 우리만의 특별한 삶의 방식이다. 적게 쓰고 깊게 누리는 삶. 이것이 바로 진짜 '지방 플렉스'다.

바보야,
네 잘못이 아니야

"가임기 부부가 피임 없이 3년간 정상적인 부부관계를 가졌을 때 임신 성공률 99%."

우리는 이 차가운 통계를 보며 서로를 마주 봤다. 우리 부부는 간절히 아이를 원했다. 서로를 닮은 자식이 궁금했다. 그러나 아이가 찾아오지 않았다.

결혼 2년이 지났을 무렵, 병원을 찾았다. 검사 결과는 '아주 정상'이었다. 하지만 그 후로 1년이 더 흐르도록 아이는 생기지 않았다. 정상인데 왜? 그 알 수 없는 불안감이 우리를 더 초조하게 만들었다.

우리는 그 잔인한 1%의 확률에 갇혀 버렸다. '난임'이라는 두 글자가 무겁게 우리를 짓눌렀다.

다시 병원을 찾았다. 의사는 일단 타이밍 요법부터 권했다. 배란유도제를 복용하고 초음파로 배란일을 정확히 예측해서, 의사가 지정해 준 날짜에 숙제를 치르는, 과학의 힘을 빌린 자연 임신 시도였다. 하지만 매달 찾아오는 생리는 정말 시계처럼 정확했다. 아내는 배란유도제 부작용으로 힘들어했고, 결국 난임을 이유로 질병 휴직을 결심했다.

다음 단계는 인공수정이었다. 남편의 정자 중 건강한 것들만 골라내 자궁에 직접 주입해주는 조금 더 적극적인 시술이었다. 하지만 아내의 고통은 배가되었다. 매일 아내가 제 배에 직접 주사를 놓는 모습을 나는 옆에서 지켜볼 수밖에 없었다.

그리고 시술 당일, 나에게 주어진 임무는 참, 말하기 민망한 '비밀의 방에서의 미션'이었다. 작은 방 안에는 의자 하나와 작은 세면대, 그리고 벽에 걸린 TV가 있었다. TV에서는 성인용 동영상이 나왔다. 병원에서 공식적으로 제공하는 것이었다. 정말 괴로웠다. 아내가 시술대에서 고생하고 있는데 나는 여기서 이런 일을 하고 있다는 자괴감! 그리고 이 모든 과정이 너무나 비인간적으로 느껴지는 현실감. 허무하게 끝난 행위 뒤에 찾아온 것은 인생에서 가장 찝찝한 현타였다.

'이게 맞나? 우리가 아이를 갖기 위해 이런 것까지 해야 하나?'

2주 후, 결과는 실패였다. 아내의 스트레스는 극에 달했고 우리는 점점 지쳐갔다. 벌써 병원을 다닌 지도 6개월이나 지났다. 결국 우리는 더 이상 시간을 끌지 않기로 했다. 확률이 더 높은 마지막 카드, '시험관 시술'로 넘어가기로 했다.

고통스러운 과배란 주사가 끝이 아니었다. 난자 채취를 위해 아내가 차가운 수술실로 들어간 뒤, 나는 대기실 낡은 소파에 죄인처럼 웅크리고 앉아 있었다. 안에서는 아내가 살을 찌르는 고통을 견디고 있을 텐데, 밖에서 남편이라는 작자가 할 수 있는 건 '미션'을 끝내고 그저 무력하게 시곗바늘만 쳐다보는 것뿐이었다. 그 시간이 억겁처럼 느껴졌다.

그렇게 피 말리는 기다림 끝에 우리가 얻은 건, 단 하나의 수정란이었다. 남들은 여러 개가 나와서 냉동 보관도 한다던데, 우리에겐 '다음'이 없었다. 우리의 모든 희망이 이 작고 위태로운 생명 하나에 달려 있었다. 우리는 간절한 마음으로 그 하나를 자궁에 이식했다.

기다림의 2주는 지옥과도 같았다. 그리고 검사일 새벽, 우리는 임신 테스트기에서 아주 희미한 두 번째 줄을 보았다. 드디어 우리에게도 천사가 찾아온 것일까? 희망이 보였다.

그러나 임신 테스트기는 더 이상 진해지지 않았다.

며칠 후 병원에서 의사는 말했다.
"임신이 아닙니다. 테스트기의 두 줄은 난임 주사에 포함된 호르몬hCG의 잔류 반응 때문입니다."

우리에게는 세상이 무너지는 순간이, 의사에게는 그저 일상적인 설명일 뿐이었다.
집으로 돌아오는 길, 아내는 창밖만 볼 뿐 말이 없었다. 그 침묵이 그 어떤 절규보다 더 아팠다. 집에 도착한 아내는 바로 침실로 들어갔고, 나는 거실에 홀로 남아 멍하니 앉아 있었다.

시간이 흘러 크리스마스가 다가왔다. 평소 같으면 아내가 미리미리 준비를 하며 들떠 있을 시기였다. 하지만 그해는 달랐다. 크리스마스 장식 하나 하지 않은 채 12월을 보내고 있었다.

크리스마스 이브, 내가 아내의 등을 밀어주며 스트레칭을 하고 있을 때였다.

“여보.”

아내가 갑자기 말을 꺼냈다.

“미안해.”

“뭐가?”

“나랑 결혼 안 하고 다른 여자랑 결혼했다면… 벌써 아빠가 되었을 텐데…”

그 말을 듣는 순간, 내 안을 지탱하던 무언가가 ‘뚝’ 하고 끊어지는 느낌이었다. 아내가 이런 생각까지 하고 있다는 게 너무 가여웠다.

“바보야, 네 잘못이 아니야. 우리 둘 다 최선을 다하고 있잖아.”

우리는 그렇게 서로를 안은 채, 그동안 참아왔던 모든 감정을 터뜨리며 펑펑 울었다. 창밖으로 크리스마스의 아침이 밝아오고 있었지만, 우리 마음은 그 어느 때보다 어두웠다.

“우리… 괜찮을까?”

“괜찮을 거야. 시간이 걸리더라도… 우리 괜찮을 거야.”

나는 내뱉는 말과 달리 전혀 괜찮지 않은 표정으로 괜찮을 거라고 말했다. 하지만 그 순간만큼은 그 말을 믿고 싶었다. 아니, 믿어야만 했다.

다시 봄이 왔고, 우리는 두 번째 시험관 시술을 시작했다. 다행히 이번에는 3개의 수정란이 생겼고, 2개를 이식했다. 그리고 또다시, 피 말리는 기다림의 시간이 시작되었다.

이식 9일째 되던 날 새벽, 아내가 실망한 목소리로 화장실에서 나왔다.

"한 줄이야…"

이제 그만하고 싶었다.

나도 화장실에 가야 했기에 자리에서 일어났다. 그런데 세면대 위에 놓인 임신 테스트기를 다시 보니 뭔가 다른 것 같았다. 5분 정도 지났을까. 희미하지만 두 번째 줄이 보이기 시작했다.

"여보! 이거 봐! 두 줄이야!"

급하게 아내를 불렀다. 아내가 달려와서 테스트기를 들여다봤다.

"어? 진짜네… 희미하지만 두 줄이야."

이번에는 호르몬 주사를 맞지 않았기 때문에 희망이 보였다. 우리는 서로를 바라보며 조심스럽게 웃음을 지었다. 하지만 너무 희미해서 확신할 수 없었다. 아침에 다시 검사를 해보자는 아내의 제안에 나는 조심스럽게 고개를 끄덕였다.

그런데 결과는 다시 한 줄이었다.

그 순간 내 안의 모든 것이 무너져 내렸다. 지난번보다 더 큰 충격이었다. 새벽에 봤던 희미한 두 줄이 나에게 준 희망이 컸던 만큼, 떨어지는 것도 더 아팠다. 우리가 본 것은 신기루였을까.

식탁에 마주 앉아 밥을 밀어 넣었다. 맛이 느껴질 리 없었다. 입 안에서 밥알이 모래알처럼 까끌까끌하게 흩어졌다. 갑자기 목구멍에서 뜨거운 쇠뭉치가 치밀어 올랐다. 숨이 턱, 막혔다. 그리고 단단했던 내 안의 무언가가 와르르 무너져 내렸다. 첫 눈물 한 방울이 식탁 위로 떨어지는 순간, 둑은 터져버렸다. 어른의 체면도, 남편의 무게도, 그 무엇도 소용없었다. 나는 그냥, 모든 희망을 잃어버린 한 마리 짐승처럼 울부짖었다.

그런 나를 아내가 꼭 안아주었다. 정작 온몸으로 그 고통을 감내했을 사람은 아내인데, 산산조각 난 나를 아내가 붙들고 있었다. 미안해서, 더 미칠 것 같았다.

무거운 마음으로 출근한 나는 도피하듯 업무에 파묻혔다. 억지로라도 일에 집중해야 그 먹먹함을 견딜 수 있을 것 같았다. 그렇게 모니터와 씨름하고 있을 때였다.

징---

휴대폰이 울렸다. 아내였다.
'사진이 도착했습니다.'

무심코 화면을 확인한 순간, 내 눈이 튀어나올 듯 커졌다.

"헉!"

나도 모르게 사무실 정적을 깨는, 비명에 가까운 탄성이 터져 나왔다. 주변 동료들이 놀라 쳐다봤지만, 그런 건 눈에 들어오지도 않았다.

화면 속에는 임신 테스트기가 있었다. 그리고 그 위에는, 내 평생 본 적 없는, 그 무엇보다 선명하고 진한 붉은색 두 줄이 그어져 있었다.

그날 아침의 절망적인 '한 줄'은 정말 극적인 해프닝이었다. 인터넷에서 대량으로 산 저렴한 제품 중에 하필 그날 아침에 쓴 것이 불량품이었던 것이다. 로또는 그렇게 안 되면서, 이런 기막힌 확률에는 귀신같이 당첨되는 내 운이 참 기가 막혔다.

그 이후로 우리는 매일 테스트를 했다. 신기하게도 선은 점점 진해졌다. 마치 우리의 희망이 조금씩 확실해지는 것처럼.

"혈중 hCG 수치 227. 초기 착상이 아주 잘 됐어요."
며칠 후 병원에서 들은 의사의 말에 우리 부부는 껴안고 기쁨의 눈물을 흘렸다.

그리고 2주 뒤, 우리는 진료실 스피커를 찢을 듯 울려 퍼지는, 내 평생 들어본 가장 아름다운 소리를 들었다.

쿵쾅쿵쾅! 쿵쾅쿵쾅!

우리 아이의 첫 심장 소리였다.

이제 우리는, 100%다.

아빠 육아의
힘

아내가 출근하는 아침, 현관문이 '딸칵' 소리를 내며 닫히는 순간 집 안에는 정적과 함께 나와 8개월 된 딸, 단둘만 남겨졌다. 울음과 옹알이, 기저귀, 그리고 나의 막막함으로 가득 찬 작은 우주. 나의 30개월짜리 출근은 그렇게 시작되었다.

2020년 당시 육아휴직 수당은 최대 1년간 지급되었다. 현실적인 이유로 나는 우선 1년의 육아휴직을 신청했다. 그동안 퇴근 후와 주말에만 함께하는 '보조 양육자'였다면, 이제부터 나는 24시간 딸의 세상을 책임지는 '주 양육자'가 된 것이다.

하지만 나의 선택을 모두가 응원해 준 것은 아니었다. 육아휴직에 들어간다고 했을 때 몇몇 직장 동료는 이해할 수 없다는 표정으로 말했다.

"남자가 굳이? 그냥 참지 그랬냐?"

그들의 말속에는 '남자가 육아휴직을 쓰는 건 유난 떠는 것'이라거나, '경력에 문제가 생길 텐데 왜 사서 고생하냐'는 행간의 의미가 담겨 있었다. 흔히들 남자가 육아휴직을 쓴다고 하면, '상사 얼굴 보기 싫어서 도망가는 거 아니냐'고 수군대곤 한다. 직장 내 갈등을 피하기 위한 핑계로 육아를 댄다는 오해다.

하지만 억울하게도(?) 당시 나는 마음 맞는 동료들과 그 어느 때보다 즐겁게 일하고 있었다. 오히려 휴직신청서를 내는 손이 머뭇거릴 정도로 아쉬움이 컸다.

그렇기에 나의 육아휴직은 고단한 현실로부터의 '도피'가 아니라, 아이와의 시간이라는 더 위대한 가치를 위한 오롯한 '선택'이었다. 아빠의 육아휴직을 여전히 '쉼'이나 '도피'쯤으로 여기는 사회의 쓸쓸한 시선 앞에 흔들릴 이유는 없었다. 내게는 그 모든 우려를 잠재울 만큼 명확한 확신이 있었으니까.

내 딸은 지금 인생에서 부모의 손길이 가장 절실한, 단 한 번뿐인 시간을 보내고 있었다. 이 결정적인 순간에 아빠가 곁에 있어주는 것, 세상 그 어떤 평판도 이보다 중요할 수는 없었다.

무엇보다 딸은 이미 짧은 시간 안에 뒤집기, 기기, 앉기, 서기를 해내며 우리 부부에게 세상 가장 큰 즐거움을 선물해주었다. 앞으로 펼쳐질 걷기, 뛰기, 그리고 마침내 '진짜 지성체'가 되는 말하기까지 그 모든 경이로운 순간을 나는 단 하나도 놓치고 싶지 않았다.

그들의 시선은 오히려 내 반골 기질에 불을 지폈다.
'어디 한번 보여주지. 이게 단순한 '쉼'이 아니라, 내 인생에서 가장 치열한 '성장'의 시간이라는 것을.'
그러기 위해서는 먼저 내가 '프로 아빠'가 되어야 했다. 나는 도서관으로 향했다. 나의 공부는 세 가지 방향으로 시작되었다.

첫째, '과학적 수면'이었다. 대부분의 육아서도 수면 교육을 다뤘으나 아쉬운 점이 많아 수면 교육 전문 서적들을 따로 탐독했다. 책들은 공통적으로 '규칙적인 수면'의 중요성을 강조했다. 아기의 뇌 발달부터 정서적 안정까지 수면이 아이의 모든 것에 영향을 미친다는 사실을 깨달았다.

둘째, 나의 가장 큰 관심사였던 '이중언어 교육'이었다. 한국인

이 쓴 책은 드물어 해외 언어학자들의 저서를 찾아 읽었다. 아이의 뇌가 어떻게 두 가지 언어를 스펀지처럼 흡수하는지, 그 과정에서 부모의 역할이 얼마나 중요한지 배웠다.

마지막으로 '아빠 육아의 힘'이었다. 아빠가 주 양육자가 되었을 때 아이에게 미치는 긍정적인 영향들, 아빠와의 역동적인 상호작용이 길러주는 사회성과 자존감, 그리고 아빠의 낮은 목소리가 주는 정서적 안정감 같은 것들이다.

이런 과학적 근거들은 '내가 잘할 수 있을까?'라는 불안감을 '나는 잘해야만 한다'는 각오로 바꾸어 주었다.

그날부터 나의 시간은 낮과 밤으로 철저히 나뉘었다. 해가 떠 있는 동안은 온전히 딸의 세상 속에 살았다. 함께 뒹굴고 산책하며 아이의 모든 순간을 눈에 담았다. 그리고 나의 진짜 하루는 딸이 잠든 밤, 다시 시작되었다.

조용한 방, 스탠드 불빛 아래 육아서와 재테크 책을 번갈아 펼쳤다. 육아라는 신세계를 탐험하는 동시에, 가장으로서 가족의 경제적 자유를 지켜내야 한다는 현실적인 고민도 놓을 수 없었기 때문이다. 그 밤들은 고독했지만 결코 외롭지 않았다. 내가 넘기는 책장 한 장 한 장이, 결국 우리 가족을 지키는 가장 단단한 성벽이 될 것임을 믿었기 때문이다.

수면 교육은 책대로 하니 생각보다 쉽게 성공했다. 7개월 된 딸이 혼자 잠들기 시작한 날, 우리 부부는 몇 달 만에 처음으로 '저녁 8시 이후의 자유'를 얻었다. 나는 글을 쓰고 투자 공부를 하며 '아빠'와 동시에 '나'로서 성장할 수 있었다. 그렇게 채워진 에너지는 다음 날 아침 딸에게 더 활기찬 아빠가 되어줄 힘이 되었다.

이중언어 교육은 나의 오랜 꿈이었다. OPOL One Parent One Language 이라는 방법을 선택했다. 각각의 부모가 각기 다른 언어로 자녀와 대화하는 방식이다. 언어는 내가 구사할 수 있는 외국어 중 가장 능숙한 일본어로 정했다. 언젠가 딸과 함께 애니메이션을 자막 없이 즐기며 놀고 싶다는 '덕후'로서의 사심도 한몫했다. 아내는 경북 봉화군 토박이답게 경상도 사투리 담당을 맡았다. 덕분에 우리 집은 한국어와 일본어, 그리고 걸쭉한 경상도 사투리가 공존하는 활기찬 '3중 언어' 가구가 되었다.

처음에는 딸에게 일본어로 말을 건다는 것이 몹시 어색했지만, "오하요 おはよう"라는 내 인사에 딸이 방긋 웃어준 순간 어색함은 눈 녹듯 사라졌다. 오히려 일본어를 가르쳐야 한다는 사명감에 나는 세상 그 어떤 아빠보다 더한 수다쟁이가 되었다.

1년의 육아휴직이 끝날 무렵, 나는 중대한 고민에 빠졌다. 육아를 공부할수록 전문가들은 아이 인생의 가장 중요한 시기인 '천

일의 기적(생후 3년)'을 강조했다. 하지만 딸은 이제 겨우 19개월. 이대로 복직하기엔 너무 아쉬웠다. 이중언어 교육 측면에서도 세 돌을 채우면 제대로 하나의 언어를 선물해줄 수 있겠다는 확신이 들었다. 공무원은 육아휴직이 자녀당 3년까지 가능하고 사용이 자유롭지만, 수당이 나오지 않는 기간까지 쓰는 경우는 드물다. 나는 아내와 상의 끝에 1년 6개월의 휴직 연장을 결심했다. 총 30개월. 남자가 30개월 육아휴직이라니, 내 인생 가장 거대한 반란의 시작이었다.

수당이 끊긴 외벌이 생활은 부담이었지만, 여기서 다시 한번 '지방'이 아군이 되어주었다. 이미 주택담보대출을 모두 상환했고 물가가 싸서 아내의 월급만으로도 충분했다. 게다가 당시 봉화군은 '출산지원금 전국 1위'였다. 출생 시 100만 원, 만 5세까지 매월 10만 원씩 총 700만 원을 지원했다. 여기에 아동수당과 양육수당까지 더하니 오히려 돈이 남아 투자까지 할 수 있었다.

육아가 늘 즐거웠던 건 아니다. 딸의 분리불안 시기에는 잠깐만 떨어져도 울었다. 볼일을 볼 때도 화장실 문을 열어놓고 봐야 했다.

정신적으로 정말 지치기도 했다. 고충을 나눌 사람이 필요했지만 코로나 시국이라 남들과 어울리기 어려웠고, 놀이터에 가도 나 혼자만 아빠였기에 다른 엄마들이 슬금슬금 피했다. 185cm

거구에 애를 보겠다고 삭발까지 한 '빡빡머리 아저씨'는 동네 엄마들에게 특급 경계 대상이었을 것이다.

그래서 나는 딸과 함께 자연으로 출근했다. 시골의 자연은 아름다웠다. 매일 드라이브를 하며 새로운 우리만의 장소를 찾아다녔다. 대자연은 우리 부녀에게 거대한 놀이터가 되었다. 봄에는 꽃과 나무에게 인사하고, 여름에는 계곡에서 물장구를 치고, 가을에는 낙엽을 밟고, 겨울에는 눈사람을 만들며 얼음 깨기 놀이를 했다. 참새, 두루미, 청둥오리들과 지저귀며 대화를 나눴다.

자연에서는 아이 스스로 무언가를 발견하게 되어 실내와는 차원이 다른 대화가 이루어진다. "나쁜 날씨는 없다. 부적절한 옷만 있을 뿐"이라는 스웨덴 속담처럼 우리는 폭염에도, 혹한의 날씨에도 밖으로 나갔다. 처음에는 딸을 위한 일이라 생각했지만, 흙을 만지고 바람 소리를 듣는 동안 깨달았다. 이것이 딸만을 위한 시간이 아니었음을. 나 역시 거대한 자연의 일부라는 사실을 다시 배웠다. 딸이 나를 진짜 세상으로 데려와 준 것이었다.

이 모든 것을 기록해두고 싶어 매일 육아일기를 썼다. 아이의 발달과 말 한마디, 내 심정을 담아 개인 소장용 책으로도 만들었다. 표지에는 이렇게 적었다.
'네가 있어 참 행복하다. 너의 하나하나 움직임을 모두 기억하

고 싶다.'

　시간이 흘러 딸은 세 돌을 맞이했고, 나의 30개월 육아휴직도 마무리되었다. 딸은 정서적으로 안정된 아이로 자랐고 새로운 환경에도 잘 적응한다. 여전히 밤 8시면 혼자 잘 자고, 일본어 실력은 애니메이션을 자막 없이 보며 나에게 농담을 던질 수준이 되었다. 무엇보다 나는 딸에게 의지할 수 있는 아빠가 되었고, 딸은 나에게 삶의 이유가 되었다.

　30개월은 내 인생에서 가장 치열하게 공부하고 성장한 시간이었다. 그것은 단순히 육아의 경험을 넘어 아버지로서의 확신을 만들어주었다. 혹시 육아휴직을 망설이는 아빠가 있다면 말해주고 싶다. 걱정하지 마시라. 당신이 잃을 것보다 얻을 것이 훨씬 크다. 직장에서의 시간은 만회할 수 있어도 아이와 함께할 수 있는 이 시간은 다시 오지 않는다.

　얼마 전 저녁 식사 자리에서 딸이 내 눈을 맞추며 느닷없이 고백했다.
　"아빠, 저는 제가 너무 좋아요."
　예상치 못한 말에 짐짓 놀라 이유를 물으니, 딸은 세상을 다 가진 듯한 미소를 지으며 대답했다.
　"사랑받고 있으니까요."

파라다이스 유치원

30개월간의 독점 계약을 종료하고, 이제 딸을 더 큰 세상으로 '파견' 보낼 때가 왔다. 보통의 아이들이 만 1~2세에 어린이집에 가는 것과 달리, 딸은 만 3세를 채워 유치원으로 직행했다. 우리의 선택은 처음부터 명확했다. 바로 '병설유치원'이다.

대도시 부모들은 좋은 유치원에 보내기 위해 새벽 5시부터 줄을 서고, 추첨에서 떨어지면 진짜 눈물을 흘린다. 국공립 병설유치원? 그건 로또급이다. 대기만 3~4년 하다가 애가 초등학교에 들어갈 나이가 되어버리는 게 일상이다. 하지만 여기 지방에서는 판타지가 현실이 된다. 아이들이 워낙 귀하다 보니, 유치원에서 "제발 우리 유치원에 와주세요! 온 동네를 뒤져서라도 아이 좀 구해와 주세요!"라며 모셔가는 수준이다. 경쟁 스트레스? 그게 뭔가요? 먹는 건가요? 이것이 바로 '지방 육아'의 숨겨진 특전이었다.

입학 상담을 받으러 갔을 때, 담임 선생님께 3세까지 아이를 직접 키웠다고 말했더니 선생님 눈이 동그랗게 커지셨다.

"아버님, 정말 대단하시네요. 최근에 가정 보육을 3년이나 한 경우는 진짜 드문데… 아이한테 최고의 선물을 하셨어요. 진심으로 존경스럽습니다!"

아, 이런 칭찬은 처음이었다. 누구에게 인정받으려고 한 일은 아니었지만, 나의 선택을 온전히 이해해 주는 따뜻한 시선에 이 유치원에 대한 확신이 생겼다. 육아휴직을 오래 하며 수많은 편견과 부딪혔다. 아내 이외의 가족에게서조차 "언제까지 놀 생각이냐?"라는 핀잔을 들어왔던 '육아 대디'에게, 교육 전문가가 보내는 이 찬사는 감격의 눈물이 핑 돌 정도였다.

그리고 가장 중요한 부분, 비용. 우리 딸이 졸업할 때까지, 교육비로 낸 돈은 정확히 0원이다. 나라님께서 모든 것을 지원해 주신다. 감사합니다, 대한민국.

꼼꼼한 아내가 입학 전 유치원 홈페이지에서 예산서를 뜯어보더니, 갑자기 흥분해서 나를 불렀다.

"여보! 이거 봐봐! 우리 유치원 예산이 이만큼인데, 원아가 딱 8명이야. 1인당 돌아가는 예산 계산해 보니까… 미쳤다!"

그 결과는 놀라웠다. 매일 같이 외부 전문 강사들이 유치원으로 '출근'했다. 원어민 선생님의 외국어 수업, 전문 체육 강사의 신체 활동, 음악 선생님의 악기 수업까지. 이 모든 것이 추가 비용 전혀 없이 이루어진다.

게다가 전체 원아가 8명인데 아이들을 돌보는 선생님은 담임 선생님, 방과 후 선생님, 그리고 '하모니 선생님'이라 불리는 봉사 선생님까지 세 분이었다. 이런 '황제 케어'가 또 어디 있겠는가. 덕분에 선생님들은 아이 한 명 한 명에게 온전한 사랑을 쏟아주셨다.

또한 이곳 아이들은 나이 구분 없이 모두 한 교실에서 지낸다. 외동딸인 우리 아이에게는 최고의 환경이었다. 처음에는 막내로서 언니, 오빠들의 귀여움을 독차지하더니, 나이가 들면서는 자연스럽게 동생들을 챙기는 '언니, 누나 역할'을 터득했다. 이것이야말로 돈 주고도 살 수 없는 최고의 인성 교육이다.

물론, 이 파라다이스에도 단점은 있었다. 하루는 딸이 유치원에서 세상이 무너진 표정으로 돌아왔다. 단짝인 민지와 장난감 하나 때문에 대판 싸웠다는 것이다. 도시의 큰 유치원이었다면 "그럼 다른 애랑 놀아" 하면 그만이었을지 모른다. 하지만 전교생 8명의 이 작은 왕국에서 친구 하나를 잃는 것은 세상의 8분의 1을 잃는 것과 같은 재앙이었다.

다음 날 아침, 딸은 유치원에 가기 싫다며 버텼다. 나는 조마조마한 마음으로 아이를 교실 문 앞까지 데려다주고 돌아섰다. 하루 종일 마음이 무거웠다. 그리고 하원 시간, 유치원 문을 여는데 안에서 익숙한 웃음소리가 들려왔다. 내 딸, 그리고 민지였다. 둘은 마치 어제의 다툼 따위는 까맣게 잊은 것처럼 손을 꼭 잡고 깔깔거리고 있었다. 그 모습을 본 선생님은 나를 향해 그저 따뜻하게 웃어주실 뿐이었다.

그 순간 나는 깨달았다. 도시의 수십 명 친구는 피할 수 있는 '선택지'지만, 이곳의 8명은 피할 수 없는 '세상'이라는 것을. 이곳에서 아이들은 '관계를 끊는 법' 대신 '관계를 회복하는 법'을 배우고 있었다. 치열하게 싸우고, 서툴게 화해하고, 다시 서로를 보듬어 안는 법. 그것은 단점이 아니었다. 이 파라다이스가 내 딸의 인생에 선물한 가장 단단한 마음의 근육이었다.

돌아보면, 아이를 그저 '돌봐주신' 게 아니라 '함께 키워주신' 선생님들의 얼굴이 떠오른다. 그 따뜻했던 시간들에 마음 깊이 감사할 따름이다. 덕분에 내 딸에게 대한민국 최고의 교육을 시켜 주었다. 그리고 그 모든 것은 오직 '지방'이었기에 가능한 기적이었다.

세상은 지방이 소멸한다고 난리지만, 내 딸의 세상은 이곳에서 그 어느 곳보다 풍요롭게 자라고 있다.

아빠의 주말은
더 바빠졌다

주말은 이 시대 모든 부모에게 던져지는 무거운 숙제와 같다. 그냥 집에서 TV를 보여주며 하루를 보내자니 '방임'이라는 죄책감이 들고, 어디라도 나가자니 '비용'과 '노동'이라는 현실의 벽에 부딪힌다.

가장 손쉬운 답안지는 10만 원짜리 '시간 때우기'다. 키즈카페가 대표적이다. 영혼 없는 플라스틱 공간에서 아이의 에너지는 '소비'되고, 부모의 돈과 죄책감은 '지출'된다. 북적이는 인파 속에서 장난감을 뺏고 빼앗기며 울음을 터뜨리는 딸의 모습을 보고 있자면, 나는 묻고 싶었다. 이것은 아이의 마음에 남는 '추억'인가, 아니면 내 죄책감을 씻어내기 위한 10만 원짜리 '면죄부'인가?

주말은 더 이상 휴식이 아니었다. 아이의 유년기라는 다시없을 시간을 어떻게 채울 것인가에 대한 무거운 책임감. 나는 딸의 유년기라는 통장에 일회성 '소비'가 아닌, 평생 가는 '자산'을 적립해 주고 싶었다.

하지만 요즘 아빠들에게, 특히 지방에 사는 아빠들에게는 한 줄기 빛이 있다. 바로 정부와 지자체에서 운영하는 넘쳐나는 '아빠 육아 프로그램'들이다. 저출산 정책의 일환으로 쏟아져 나오는 이 프로그램들은 그야말로 아빠들의 구세주다.

대표적인 것이 보건복지부에서 주관하는 '100인의 아빠단'이다. 아빠 100명씩을 모아 주기적으로 행사를 열고, 매주 온라인으로 육아 미션을 성공하면 상품권까지 준다. 그 외에도 지자체별로 'MOM 편한 아빠단', '아빠 교실', '아빠 놀이터' 등 이름도 다양한 프로그램들이 쏟아진다.

이 프로그램들의 가장 큰 특징은 '엄마는 참석 불가'라는 점이다. 오직 아빠와 아이만 참여할 수 있다. 엄마에게는 온전한 자유 시간을, 아빠와 아이에게는 추억을 선물하자는 기특한 취지다. 처음에는 이 조건이 의아했다. '왜 굳이 아빠만?' 하고 생각했는데, 참여해 보니 그 이유를 알 수 있었다. 엄마들이 오면 자연스럽게 엄마들끼리 무리를 짓고, 아빠들은 구석에서 어색하게 서 있게 된다. 아이를 돌보는 것도 결국 엄마가 나서게 되기 마련이다.

하지만 아빠들만 있으면 다르다. 모두가 '육아 초보'라는 동질감으로 뭉친다. 서로의 육아법을 공유하고, 아이들이 싸우면 함께 말린다. 무엇보다 아빠 스스로가 '주 양육자'가 되어야 한다는 책임감이 생긴다. 이런 경험을 하고 나니, 이 규칙을 만든 담당자가 진짜 육아 고수라는 생각이 들었다.

물론, 좋은 건 모두가 알아보는 법이다. 도시에서는 이 프로그램들의 경쟁이 치열하다. 신규 신청자 우선 조항 때문에 운 좋게 한번 참여하고 나면 다음 해에는 기회조차 얻기 힘든 경우가 많다. 하지만 지방은 완전히 다른 세계다.

내가 사는 경북의 경우, '100인의 아빠단'은 몇 년째 100명을 못 채워 미달 상태인 적도 있다. 모집 기간이 한참 지났는데도 내 친구는 전화 한 통으로 바로 명단에 이름을 올렸다. 다른 사업들도 마찬가지다. 담당자가 "제발 참여해 주세요" 수준으로 간청한다. 신청만 하면 당첨이다. 떨어질 일이 없다. 그래서 아빠의 주말은 낙落이 없다. 쉴 틈 없이 매주 딸과 놀러 가야 하기 때문이다.

토요일 아침, 딸이 눈을 뜨자마자 묻는다.

"아빠, 오늘은 어디 가요?"

나는 자신 있게 대답한다.

"오늘은 쿠키 만들러 가자!"

어떤 주에는 다 같이 모여 쿠키를 만들고, 어떤 주에는 스포츠 센터를 통째로 빌려 뛰어논다. 계절에 맞춰 딸기 따기, 블루베리 따기 체험을 가고, 안전 체험관에서 소화기로 불도 끄고 완강기 체험도 한다. VR 센터에서 신나게 소리를 지르기도 한다.

이 프로그램들은 모두 '올 인클루시브 패키지'나 다름없다. 각종 체험 활동은 물론이고 간식과 점심까지 제공해 준다. 때로는 기념품이나 체험 키트까지 챙겨준다. 나는 그저 딸의 손을 잡고 몸만 가면 되는 것이다.

"아빠, 이 쿠키 진짜 내가 만든 거예요!"

딸이 자기가 만든 하트 모양 쿠키를 들고 신기해한다. 모양이 조금 삐뚤빼뚤해도 내 눈에는 세상에서 가장 예쁜 쿠키다. 옆에서 다른 아빠가 말한다.

"우리 애는 집에서 요리하는 거 싫어하는데, 여기서는 이렇게 잘하네요."

"아무래도 친구들이랑 같이 하니까 그런가 봐요."

이런 아빠들의 '육아 수다'도 꽤 알차다. 직장이나 집에서는 절대 들을 수 없는 다른 아빠들의 고민과 해결책을 공유하는 소중한 시간이다.

그렇게 실컷 놀고 집에 돌아오면, 혼자만의 자유 시간을 만끽하고 재충전한 아내가 세상 가장 환한 미소로 우리를 맞아준다.

"오늘 뭐 했어?"
"쿠키 만들었어요! 이건 엄마 거예요!"

딸이 정성스럽게 포장된 쿠키를 건네는 순간, 아내의 얼굴에 피어나는 미소를 보면 이것이야말로 완벽한 '윈-윈-윈Win-Win-Win' 전략이라는 생각이 든다. 도시의 아빠들이 '이번 주말은 또 얼마를 써야 하나?' 한숨 쉴 때, 나는 '이번 주말엔 또 어떤 추억을 쌓을까?' 행복한 고민을 한다. 돈 한 푼 안 들이고 아이와 최고의 시간을 보내고, 아내에게는 자유를 선물하는 삶. 이것이 내가 지방에서 누리는 가장 완벽한 '주말 플렉스'다.

딸이 방학이 되자 그동안 활동했던 작품들을 가져왔다. 그중에는 주말에 무엇을 했는지 그린 그림일기가 있었다. 딸은 자기가 직접 설명하겠다며 한 장씩 넘겼다. 그런데 대부분 주말에 나와 함께 프로그램에 참여했던 장면들이었다.

“이건 아빠랑 쿠키 만든 거예요.”

“이건 아빠랑 딸기 따러 간 거고요.”

“이건 아빠랑 VR 하면서 깜짝 놀란 거예요.”

가슴 한구석이 찡해져 왔다. 나의 주말이 고스란히 내 딸의 가장 행복한 기억으로 쌓이고 있었다. 오늘도 딸이 잠들기 전에 묻는다.

“아빠, 이번 주말엔 뭐 해요?”

나는 이미 준비된 답을 가지고 있다.

“이번엔 목공 체험이 있어. 아빠랑 같이 나무로 뭔가 만들어볼까?”

“와! 정말이요? 나 토끼 만들 거예요!”

딸의 눈이 반짝인다. 이런 순간들이 있기에 내 주말은 언제나 바쁘고, 그 바쁨이야말로 세상에서 가장 행복한 바쁨이다. 그리고 언젠가 딸이 성장해도 이 주말의 기억은 오래도록 남을 것이다. 아빠와 보냈던, 세상에서 가장 바쁜 주말의 기록 말이다.

경제적 자유를
꿈꾸기 시작하다

혹자는 말한다. 지방의 슬로 라이프는 좋지만, 부동산이 오르지 않아 부자가 될 수는 없다고. 정말 그럴까?

퇴근 후 현관문을 열면 세상에서 가장 사랑스러운 작은 발소리가 나를 맞이한다. "아빠!"하고 달려오는 딸을 안아 들면, 잿빛 성에서 들었던 팀장의 "라떼는 말이야…" 시리즈와 산더미처럼 쌓였던 보고서의 피로가 거짓말처럼 사라진다. 이 작은 행복, 이것이 내가 지키고 싶은 세상의 전부다.

하지만 TV를 켜는 순간, 다른 세상의 뉴스가 나의 평화를 침범한다.

"서울 아파트 평균가 OO억 돌파!"

나는 무의식중에 우리 집 시세를 검색해 본다. 얼마 안 되는 우리 집 가격을 보며 묘한 박탈감이 스친다. 그런데 동시에 이런 생각이 든다.

'언제부터 집이 거주의 수단이 아니라 투기의 수단이 되었을까? 서울 사람들은 정말 행복할까?'

여기 흥미로운 역설이 있다. 서울에 사는 중위소득 가구는 소득의 40%를 주택담보대출 원리금 상환에 쓰고 있다. 월급의 거의 반을 집 대출 갚는 데 써야 하는 삶이다. 이게 과연 '내 집'일까, '은행 집'일까?

한국의 부동산 쏠림 현상은 거의 예술 수준이다. 통계청이 발표한 '2025년 가계금융복지조사'에 따르면, 한국 가계의 순자산 중 부동산을 포함한 실물자산 비중은 75.8%를 기록했다. 2024년 잠시 주춤하나 싶더니 다시 부동산 불패 신화에 돈이 몰린 것이다. 미국(약 35%), 일본(약 37%)과 비교하면 한국 사람들은 그야말로 부동산 사랑이 유별난 민족이라 해도 과언이 아니다.

특히 60세 이상 가구는 자산의 80% 이상이 부동산이다. 노후 자산의 대부분이 현금화하기 어려운 벽돌 속에 묶여 있는 셈이다.

문제는 여기서 시작된다. 자산은 많아 보이지만 실제로는 현금이 없다. NH투자증권 100세연구소 조사에 따르면, 수도권 은퇴 가구가 비수도권보다 순자산은 많지만 생활비 여유도는 오히려 낮다고 한다. 집값은 하늘 높은 줄 모르고 오르는데 통장엔 바람만 분다. 그 결과는 참담하다. 한국의 노인 빈곤율은 39.7%로 OECD 1위를 연속 독주 중이다. OECD 평균인 14.8%의 거의 3배에 달한다.

비단 이뿐만이 아니다. 부동산 가격에 기겁한 청년들은 절망하며 결혼을 포기하고, 아이 가질 꿈조차 꾸지 못한다. 그 결과 대한민국의 합계출산율은 최근 0.7명대를 기록하며 인류 역사상 유례없는 소멸의 길로 들어섰다. 이는 단순한 통계가 아니라 한 세대 전체의 절망이 숫자로 드러난 것이다.

반면 지방은 다르다. 지방의 부동산은 구조적으로 급등하기 어렵다. 하지만 그만큼 합리적인 가격이기 때문에 공무원 월급으로도 무리 없이 내 집 마련이 가능하다. 그리고 더 중요한 것은 그다음이다. 서울 사람들이 월급의 40%를 대출 이자로 토해내고 자산의 80% 이상을 부동산에 올인해 노후를 망치는 동안, 지방에서는 잉여 자금으로 금융 자산에 투자하며 진짜 경제적 자유를 준비할 수 있다.

금융 자산은 부동산에 비해 여러 면에서 탁월한 장점을 가지고 있다.

금융 자산이 부동산보다 월등한 5가지 이유

1. 세금이 깃털처럼 가볍다

– 부동산의 영원한 족쇄인 보유세, 재산세, 건보료 폭탄에서 자유롭다. 서울 아파트 한 채 1년 유지비면 한 달 생활비가 나온다. 금융 자산은 절세 계좌만 잘 활용하면 세금 걱정 끝이다.

2. 내 방구석이 월스트리트다

– 부동산은 좋은 매물 보려면 '임장' 다니며 발품 팔아야 한다. 고급 정보는 그들만의 리그에서 돈다. 하지만 금융 투자는 스마트폰 하나면 끝이다. 내 방구석에서 전 세계 모든 자산을 실시간으로 거래한다.

3. 현금화가 쉽다

– 급전 1,000만 원이 필요하다고 화장실 문짝 하나만 떼어 팔 수는 없다. 부동산 매도는 수개월이 걸리는 대장정이지만, 주식이나 채권은 터치 몇 번이면 이틀 뒤 통장에 현금이 꽂힌다.

4. 전 세계로 리스크를 쪼갠다

– 아파트 '영끌'은 '대한민국 부동산'이라는 단 한 종목에 내 인생

을 거는 위험한 도박이다. 금융 투자는 주식, 채권, 금, 비트코인 등 전 세계 자산에 나눠 담을 수 있다. 한국이 흔들려도 내 자산은 안전하다.

5. 사람 스트레스가 없다

– 세입자 월세 독촉, 누수 수리 문제, 공인중개사와의 기 싸움… 부동산은 결국 사람 상대하는 일이다. 하지만 금융 투자는 오직 숫자와 데이터만 있을 뿐, 타인과의 지긋지긋한 감정 소모가 없다.

세계 최고의 투자자 워런 버핏은 금융의 심장 뉴욕이 아니라 미국 중부의 소도시 '오마하'에 평생 살고 있다. 그는 말했다.

"뉴욕 월스트리트의 소음과 광기로부터 멀리 떨어져 있어야 평정심을 유지하고 올바른 판단을 내릴 수 있다."

스마트폰 하나로 세계 자산을 거래하는 시대에 지방이라는 한계는 더 이상 존재하지 않는다. 오히려 대도시의 광기로부터 내 철학을 지켜내는 최고의 요새가 된다. 나는 이렇게 쌓아 올린 글로벌 자산을 다시 지역 사회의 온기로 순환시킨다. 내가 번 돈이 동네 떡집 사장님, 과일가게 할머니의 손으로 흘러 들어갈 때 나는 '지방 진화의 에너지'를 느낀다.

지방은 더 이상 소멸을 기다리는 변두리가 아니다. '로컬의 여유'를 누리며 '글로벌의 부'를 사냥하는 새로운 인류, '로컬 노마드'들의 성지로 진화하고 있다.

"아빠!"하고 달려오는 딸을 안아 들며 생각한다. 남들이 대출 이자에 허덕이며 생활비 부족한 노후를 향해 달려갈 때, 나는 더 스마트한 선택으로 진짜 경제적 자유를 만들어가고 있다.

지방 소멸의 시대? 천만에. 지방에서도 충분히 부자가 될 수 있고, 자유롭게 살 수 있으며, 꿈을 이룰 수 있다. 중요한 건 남들과 다른 게임을 할 용기다.

투자 게임 공략집 2 : 지피지기 백전불태

감독의
철학

자, 이제 선수들의 특징도, 기본 전술도 모두 익혔다. 하지만 팀을 짜기 전에 가장 먼저 감독인 당신 자신부터 파악해야 한다. 화끈한 공격 축구로 5:4 승리를 즐기는가? 아니면 끈적한 수비 축구로 1:0 승리를 선호하는가?

감독은 먼저 자기 자신에 대해 잘 알아야 한다. 투자 용어로는 '위험 감내도Risk Tolerance'라고 부르는, 시장이 박살 날 때 당신의 멘탈이 얼마나 버틸 수 있는지를 나타내는 '맷집' 말이다. 그리고 이 맷집은 두 가지 차원으로 측정된다.

• 첫째, 고통의 깊이 : 자산이 얼마나 큰 손실을 입어도 버틸 수

있는가?

- 둘째, 고통의 기간 : 손실이 회복되지 않는 상태를 얼마나 오래 견딜 수 있는가?

이 두 가지 고통을 전문 용어로 이렇게 부른다.

1. 고통의 깊이 = 최대 낙폭 MDD, Maximum Drawdown
- 전고점 대비 자산이 가장 많이 떨어졌을 때의 하락률. 즉, "내 계좌가 반토막이 나도 버틸 수 있는가?"를 묻는 것이다.

2. 고통의 기간 = 원금 회복 기간 Underwater Period
- 손실이 발생한 후 원금을 회복할 때까지 걸리는 시간. 즉, "내 계좌가 3년 동안 마이너스여도 버틸 수 있는가?"를 묻는 것이다.

이게 왜 중요하냐고? 아무리 공격력이 막강한 팀이라도 감독인 당신의 맷집이 약하면 아무 소용이 없기 때문이다. 경기가 박살 나는 순간 공포에 질려 모든 선수를 팔아버리고 경기장을 떠날 거라면, 그 팀은 그냥 공중 분해될 뿐이다.

최고의 팀이란 가장 높은 수익률을 내는 팀이 아니라, 당신이 어떤 위기에도 선수를 팔지 않고 끝까지 믿고 갈 수 있는 팀이다.

그렇다면 다양한 팀들을 분석해보고, 각 팀이 역사적으로 얼마나 깊은 상처를 입고, 또 얼마나 오랫동안 재활해야 했는지를 숙지해보자.

실전 팀
라인업

이제부터 당신의 맷집 수준에 맞춰 선택할 수 있는, 역사적으로 검증된 팀들을 소개한다. 그리고 이 팀들을 구성하는 추천 선수 ETF 명단도 함께 공개한다. 각 팀의 '성적표'에는 기대수익률과 함께 당신이 견뎌야 할 고통의 깊이(최대 낙폭)와 기간(원금 회복 기간)이 모두 표시되어 있다.

선수 스카우팅 리포트

1. 공격수 (주식)

– 추천 선수 : TIGER 토탈월드스탁액티브

– 특징 : 이 선수 하나만 영입하면 전 세계 모든 국가의 잘나가는

약 1만여 개의 기업들을 시가총액 순서대로 전부 보유하는 것과 똑같은 효과를 낸다. 전 세계 지수 그 자체다. 초보 감독이 가장 쉽고 강력하게 공격진을 구성하는 방법이다.

– 심화 : 선수 이해도가 높은 감독이라면, 아래와 같이 각 국가의 대표 선수(국가별 ETF)를 직접 선발해 자신만의 공격진을 꾸려도 좋다.

국가별 추천 ETF

＊한국 : KODEX 200TR

＊미국 : KODEX 미국S&P500 / KODEX 미국나스닥100

＊중국 : KODEX 차이나CSI300 / TIGER 차이나항셍테크

＊일본 : TIGER 일본니케이225

＊인도 : KODEX 인도Nifty50

한국 리그 선수(KODEX 200TR)를 제외한 나머지 해외 선수들은 기본적으로 '환노출' 옵션을 장착하고 있다. 즉, 주식 수익뿐만 아니라 글로벌 통화(달러, 엔, 위안 등)를 함께 보유하는 효과가 있다. 이는 원화 가치가 폭락하는 위기 상황에서 내 자산을 지켜주는 아주 든든한 '환율 방어막'이 되어준다.

2. 수비수 (채권)

– 추천 선수

＊한국 중기채 : KIWOOM 국고채10년

＊미국 중기채 : ACE 미국10년국채액티브

＊한국 장기채 : KODEX 국고채30년액티브

＊미국 장기채 : ACE 미국30년국채액티브

－특징 : 수비수는 크게 중기채와 장기채로 나뉜다. 중기채는 안정적인 밸런스형, 장기채는 변동성이 큰 대신 위기 시 한 방이 있는 스페셜리스트다.

3. 골키퍼 (금)

－추천 선수 : TIGER KRX금현물

－특징 : 위기 상황에서 최후의 보루가 되어준다.

4. 유망주 (비트코인)

－특징 : 국내 상장 ETF가 아직 없으므로 빗썸이나 업비트 같은 가상자산 거래소를 직접 활용한다.

....

이제 이 선수들로 구성된 실제 팀들을 살펴보자.

• 팀 1. 60/40 포트폴리오 (공격 60%, 수비 40%)

가장 클래식하고 단순한 팀으로 공수의 균형을 맞춘다. 초보자도 쉽게 따라 할 수 있는 심플함이 매력이다. 다만 금이나 비트코인 같은 대체 자산이 없어 스태그플레이션 같은 극한 상황에서는 '플랜 B'가 부족하다는 아쉬움이 있다.

성적표

* 기대수익률 : 6~8%

* 최대 낙폭 : 약 −30%

* 원금 회복 기간 : 약 3~4년

구분	비중	종목명	비고
주식	60%	TIGER 토탈월드스탁액티브	전 세계 주식
채권	20%	KODEX 국고채30년액티브	한국 장기채
	20%	ACE 미국30년국채액티브	미국 장기채

• 팀 2. 영구 포트폴리오 Permanent Portfolio

어떤 경제 상황에서도 살아남도록 설계된 극단적인 수비 축구다. 주식, 채권, 금, 현금을 정확히 25%씩 나눠 '절대 지지 않는 경기'를 운영한다. 마음 편히 잠들 수 있는 투자지만, 현금 비중 때문에 인플레이션에 취약하고 장기 수익률은 다소 낮을 수 있다.

성적표

* 기대수익률 : 5~7%

* 최대 낙폭 : 약 −15%

* 원금 회복 기간 : 약 1.5년

구분	비중	종목명	비고
주식	25%	TIGER 토탈월드스탁액티브	전 세계 주식
채권	12.5%	KODEX 국고채30년액티브	한국 장기채
	12.5%	ACE 미국30년국채액티브	미국 장기채
금	25%	TIGER KRX금현물	금 현물
현금	25%	KODEX 머니마켓액티브	파킹형 ETF

• 팀 3. 올웨더 포트폴리오 All-Weather Portfolio

비가 오나 눈이 오나 안정적인 경기력을 보여주는 팀이다. 다양한 상황에 대비해 팀 구성이 복잡하다. 다만 수비수(채권) 비중이 높아 금리 인상기에는 일시적으로 약점을 드러낼 수 있다.

성적표

* 기대수익률 : 6~8%

* 최대 낙폭 : 약 -20%

* 원금 회복 기간 : 약 2~3년

구분	비중	종목명	비고
주식	30%	TIGER 토탈월드스탁액티브	전 세계 주식
채권	20%	KODEX 국고채30년액티브	한국 장기채
	20%	ACE 미국30년국채액티브	미국 장기채
	7.5%	KIWOOM 국고채10년	한국 중기채
	7.5%	ACE 미국10년국채액티브	미국 중기채
금	15%	TIGER KRX금현물	금 현물

※ 참고 : 원래 원자재가 포함되나, 국내 상장 ETF 중 적절한 대안이 없어 금으로 통합함.

• 팀 4. 88년생 박 감독 포트폴리오

공격수(주식) 비중을 60%까지 끌어올려 장기 성장성을 노리되, 금과 채권으로 균형을 맞춘 밸런스형 팀이다. 특히 미래를 위한 비밀 병기인 '비트코인'을 3% 기용하는 것이 특징이다. 장기전에서 진가를 발휘하지만, 주식 시장이 흔들릴 때 변동성이 상대적으로 크다는 점을 감독이 인지해야 한다.

성적표

＊기대수익률 : 7~9%

＊예상 최대 낙폭 : 약 −25%

＊예상 원금 회복 기간 : 약 2~3년

구분	비중	종목명	비고
주식	60%	TIGER 토탈월드스탁액티브	전 세계 주식
채권	12.5%	KODEX 국고채30년액티브	한국 장기채
	12.5%	ACE 미국30년국채액티브	미국 장기채
금	12%	TIGER KRX금현물	금 현물
비트코인	3%	비트코인	비트코인

자, 이제 4개의 검증된 팀이 당신 앞에 놓였다. 이들은 단순한 숫자 조합이 아니다. 화끈한 공격형부터 질식 수비형까지, 각기 다른 철학을 가지고 있다.

‘그래서 어떤 팀을 선택해야 하는가?’

이 가장 중요한 질문에 답하기 위해, 우리는 다음 장에서 당신의 내면을 깊숙이 들여다보는 진단의 시간을 가질 것이다.

감독의 요약 노트

1. 이 챕터의 핵심 목표

– 남들이 좋다는 전략을 무작정 따라 하지 않는다.

– 나의 맷집에 딱 맞는 '맞춤형 드림팀'을 선택한다.

2. 감독의 필수 덕목

– 수익률만 보고 팀을 고르면 필패한다. 반드시 아래 두 가지 고
통을 견딜 수 있는지 자문하라.

  (1) 고통의 깊이(MDD) : 내 자산이 얼마나 손실이 나도 팔지
않을 수 있는가?

  (2) 고통의 기간(원금 회복 기간) : 그 손실이 얼마나 긴 기간
동안 회복되지 않아도 버틸 수 있는가?

3. 검증된 4가지 우승 전략

[전략 1 : 60/40 포트폴리오 (주식 60 / 채권 40)]

– 스타일 : 가장 클래식하고 심플한 정공법.

– 장점 : 초보자도 운영하기 쉽고 이해가 빠르다.

– 단점 : 금/비트코인이 없어 인플레이션에 약하다. 맷집이 꽤
필요하다(MDD −30%).

[전략 2 : 영구 포트폴리오 (주식/채권/금/현금 각 25)]

– 스타일 : 질식 수비 축구. 절대 지지 않는 경기.

– 장점 : 어떤 위기에도 마음 편히 잘 수 있다(MDD −15%).

– 단점 : 장기 수익률이 상대적으로 낮아 답답할 수 있다.

[전략 3 : 올웨더 포트폴리오 (4계절 전천후)]
– 스타일 : 어떤 날씨에도 꾸준한 성적을 내는 밸런스형.
– 장점 : 다양한 경제 위기에 유연하게 대처한다(MDD –20%).
– 단점 : 팀 구성이 다소 복잡하고 손이 많이 간다.

[전략 4 : 88년생 박 감독 포트폴리오 (성장 + 헤지)]
– 스타일 : 주식 비중을 높여 성장을 추구하되, 금과 비트코인
    (3%)으로 변수를 창출.
– 장점 : 장기적으로 가장 높은 수익을 기대할 수 있다.
– 단점 : 구조가 조금 복잡하고, 감독의 강한 맷집이 필요하다
    (MDD –25%).

감독의 한마디!
"가장 좋은 전략은 수익률 1등 전략이 아니라, 하락장에서도 숙
면을 취할 수 있는 전략이다. 잠 못 드는 수익은 결국 독(毒)이
된다."

너 자신을
알라

앞선 장에서 우리는 우승 후보로 꼽히는 네 개의 강력한 팀을 모두 분석했다. 하지만 최고의 팀을 선택하는 기준은 팀의 전력에만 있지 않다. 가장 중요한 기준은 바로 감독인 '당신 자신'이다.

최고의 팀이란 가장 높은 수익률을 내는 팀이 아니라, 당신이 어떤 위기에도 팔지 않고 끝까지 믿고 갈 수 있는 팀이기 때문이다. 이제부터 시작될 여정은 당신의 가장 깊은 곳에 숨겨진 진짜 '맷집'을 측정하고, 당신의 운명과도 같은 단 하나의 드림팀을 찾는 마지막 관문이다.

맷집 테스트

....

질문 1 : 얼마까지 잃어도 버틸 수 있는가?

1억 원을 투자했다고 가정하고, 다음 상황에 당신의 멘탈이 어떨지 상상해 보자.

■ 맷집 레벨 1 (MDD −10%) : −1,000만 원 증발

- 증상 : 입이 바짝바짝 마르고, 괜히 밥맛도 없다. 아내가 끓여준 김치찌개가 평소보다 짠 것 같고, TV 속 예능 프로그램은 하나도 재미가 없다. 산책길에 마주친 동네 강아지가 나를 보며 혀를 차는 것 같은 환각에 시달린다.

- 처방 : 괜찮다. 이건 실패가 아니라 '자기 객관화'의 성공이다. 자신의 그릇 크기를 용감하게 인정한 것만으로도 당신은 상위 10%의 현자다. 무리한 투자로 마음고생하며 수명을 깎아 먹느니, 자본주의 시장에 기부했다 생각하고 발 닦고 자라. 잠 못 자며 번 돈은 병원비로 나간다. 모든 사람이 투자를 해야만 하는 것은 아니다.

■ 맷집 레벨 2 (MDD −20%) : −2,000만 원 증발

- 증상 : 잔고를 보고 깊은 한숨을 쉰 뒤, 유튜브 검색창에 '워런 버핏 손실액' 같은 키워드를 조심스럽게 입력해 본다. 위대한 투자

자도 돈을 잃었다는 사실에 잠시 위안을 얻고는, "지금이야말로 진짜 투자자와 가짜 투자자를 가르는 시험대"라며 비장하게 중얼거린다.

- 처방 : 당신은 역사를 통해 미래를 보는 현자와 같다. 시장의 광기 속에서도 '결국 모든 것은 평균으로 회귀한다'는 진리를 믿는다. 당신에게는 어떤 폭풍우에도 좀처럼 침몰하지 않는 '영구 포트폴리오'라는 이름의 잠수함이 어울린다. 화려한 항해는 아니지만, 가장 멀리 갈 수 있는 여정이다.

■ 맷집 레벨 3 (MDD -30%) : -3,000만 원 증발

- 증상 : 아내나 딸이 묻지도 않았는데 저녁 식사 자리에서 갑자기 젓가락을 내려놓고 선언한다. "여보, 딸아. 지금 아빠의 자산이 잠시 줄어든 것처럼 보일 수 있어. 하지만 이건 '손실'이 아니야. '미실현 손실'이라는 아주 건전한 자산 가격의 조정이란다. 위대한 투자자들은 모두 이 과정을 거쳤지." 아내와 딸은 서로를 쳐다보며 '아빠 또 시작이네' 하는 표정으로 조용히 밥만 먹는다.

- 처방 : 축하한다. 당신은 시장의 흔들림을 '위험'이 아닌 '과정'으로 이해하기 시작했다. 이 정도의 맷집이야말로 자산 배분의 진짜 매력을 느낄 수 있는 가장 이상적인 상태다. 이제 '올웨더'나 '88년생 박 감독 포트폴리오'와 같은 균형 잡힌 메인 요리를 즐길 자격이 충분하다.

■ 맛집 레벨 4 (MDD −50%) : −5,000만 원 증발

- 증상 : 거울 속 자신을 보며 비장하게 말한다. "두려운가? 아니, 흥분된다. 이것이 바로 기회다." 그러고는 조용히 마이너스 통장 한도를 확인하거나, 아내 몰래 숨겨둔 비상금이 없는지 기억을 더듬는다. '추가 매수'는 시장이 현명한 투자자에게만 내리는 신의 선물이라고 굳게 믿는다.

- 처방 : 당신은 시장의 피 냄새를 맡고 오히려 아드레날린이 솟구치는 최상위 포식자다. 남들의 비명이 당신에게는 환호처럼 들린다. 당신 같은 강심장에게 자산 배분 포트폴리오는 시시한 장난일 뿐. 주식 비중을 극대화한 '주식 ETF 100%' 같은 화끈한 포트폴리오로 시장의 과실을 마음껏 취할 자격이 있다.

■ 맛집 레벨 X (MDD −99%) : −9,900만 원 증발. 계좌 잔고: 100만 원

- 증상 : "아, 100만 원이나 남았네. 이걸로 노트북 한 대 사야지" 하고 긍정 회로를 돌린다. 손실 99%를 당하고도 "인생 경험 치고는 싸게 먹었네" 하며 웃는다. 지인들이 투자 조언을 구하면 "나처럼 하지 마" 하면서도 은근히 자랑스러워한다. 아내가 이혼장을 들이밀어도 "여보, 그 인지세 아까워. 우리는 이 손실도 함께야"라고 한다.

- 처방 : 당신은 투자자가 아니라 머리에 꽃을 꽂은 미친X이다. 당장 다음 월급을 전부 밈 코인에 몰빵하거나 테슬라 100배 레버

리지에 도전하는 걸 추천한다. 한강 뷰 아파트냐 한강 다리 아래냐, 그것이 문제로다. 차라리 라스베이거스 원정 도박이나 로또 1등 연구를 하는 게 나을 수도 있다. 어쩌면 우리 같은 범인(凡人)이 이해하지 못하는 다음 시대의 천재일지도 모른다. 물론 아닐 확률이 99.9%지만.

질문 2 : 얼마나 오래 기다릴 수 있는가?

손실의 깊이만큼이나, 어쩌면 그보다 더 중요한 것은 고통의 기간이다.

이제 당신이 마음속으로 고른 전략의 성적표로 다시 돌아가 그 팀의 최대 재활 기간을 직시하라. 1년 반인가? 아니면 3년인가, 혹은 그 이상인가? 그리고 스스로에게 솔직하게 질문하는 것이다.

"나는 과연 이 기나긴 암흑기를 포기하지 않고 버텨낼 수 있는가?"

자산 배분 투자의 경우 대부분의 원금 회복 기간은 3년 이내다. 하지만 3년은 결코 짧은 시간이 아니다. 무려 천 일이 넘는 시간이다. 갓난아기가 태어나 말을 배우고 뛰어다닐 만큼 긴 시간이며, 군대를 두 번 가고도 남을 만큼 지루한 시간이다. 천 일이 넘는 시간 동안 묵묵히 견딜 수 있는지 자신에게 자문해보자.

질문 1과 질문 2. 이 두 가지 질문에 모두 흔쾌히 "예"라고 답할 수 있는 전략이 바로 당신의 진짜 드림팀이다.

이 테스트는 그냥 웃고 넘기는 심리 테스트가 아니다. 이건 당신의 금융 생존과 직결된 문제다. 아내가 "당신 주식 그만해"라고 할 때까지 가면 이미 늦는다. 딸이 "아빠는 맨날 한숨만 쉬네"라고 할 정도면 자산이 아니라 가정이 박살 난다. 이 생각의 실험이 당신에게 맞는 전략을 찾는 최고의 가이드가 될 것이다.

[심화 학습] 그리고, 당신의 자산이 10억이 되었을 때

이 테스트는 당신의 시작을 돕기 위한 것이다. 하지만 명심해야 한다. 자산이 10억이 되면 MDD −20%는 더 이상 2,000만 원이 아니라 2억 원이다. 지방 아파트 한 채 값이 사라지는 공포다.

자산이 커질수록 맷집도 함께 성장해야 하는 이유다. 그러니 항상 본인 그릇의 크기를 겸손하게 점검하고, 감당할 수 있는 수준의 리스크만을 져야 한다. 만약 이 테스트를 통해 맷집이 생각보다 약하다는 걸 깨달았다면 부끄러워할 일이 아니다. 오히려 추락하기 전에 자신의 비행 고도를 확인한 현명한 조종사다. 마음 편히 잠들 수 있는 수준의 전략을 선택하라. 투자란 당신의 '잃어도 되는 돈'이 아니라, '견딜 수 있는 고통의 크기'로 시작하는 것이기 때문이다.

감독의 요약 노트

1. 이 챕터의 핵심 목표
– 나의 그릇(위험 감내도)을 정확히 파악하자. 너 자신을 알라.

2. 감독 맷집 테스트 (MDD −10% ~ −99%)

맷집 레벨	감당 가능 MDD	추천 드림팀	감독의 스타일
레벨 1	−10% 미만	예적금(투자 금지)	평화주의자
레벨 2	−20% 미만	영구 포트폴리오	안전주의자
레벨 3	−30% 미만	올웨더 / 박 감독	합리주의자
레벨 4	−50% 미만	주식 100%	야수의 심장
레벨 X	−99%	선물, 잡코인	미친X

3. 고통의 기간 테스트
– 질문 : 내 계좌가 파란불인 상태로 '3년'을 버틸 수 있는가?
– 만약 "절대 못 버틴다"면, 기대수익률을 낮추더라도 더 안전한 팀을 택해야 한다.

감독의 한마디!
"투자는 '잃어도 되는 돈'으로 하는 게 아니라, '견딜 수 있는 고통의 크기'만큼 하는 것이다. 자산이 커질수록 고통의 크기도 커지니, 맷집을 키우든지 욕심을 줄이든지 둘 중 하나는 해야 한다."

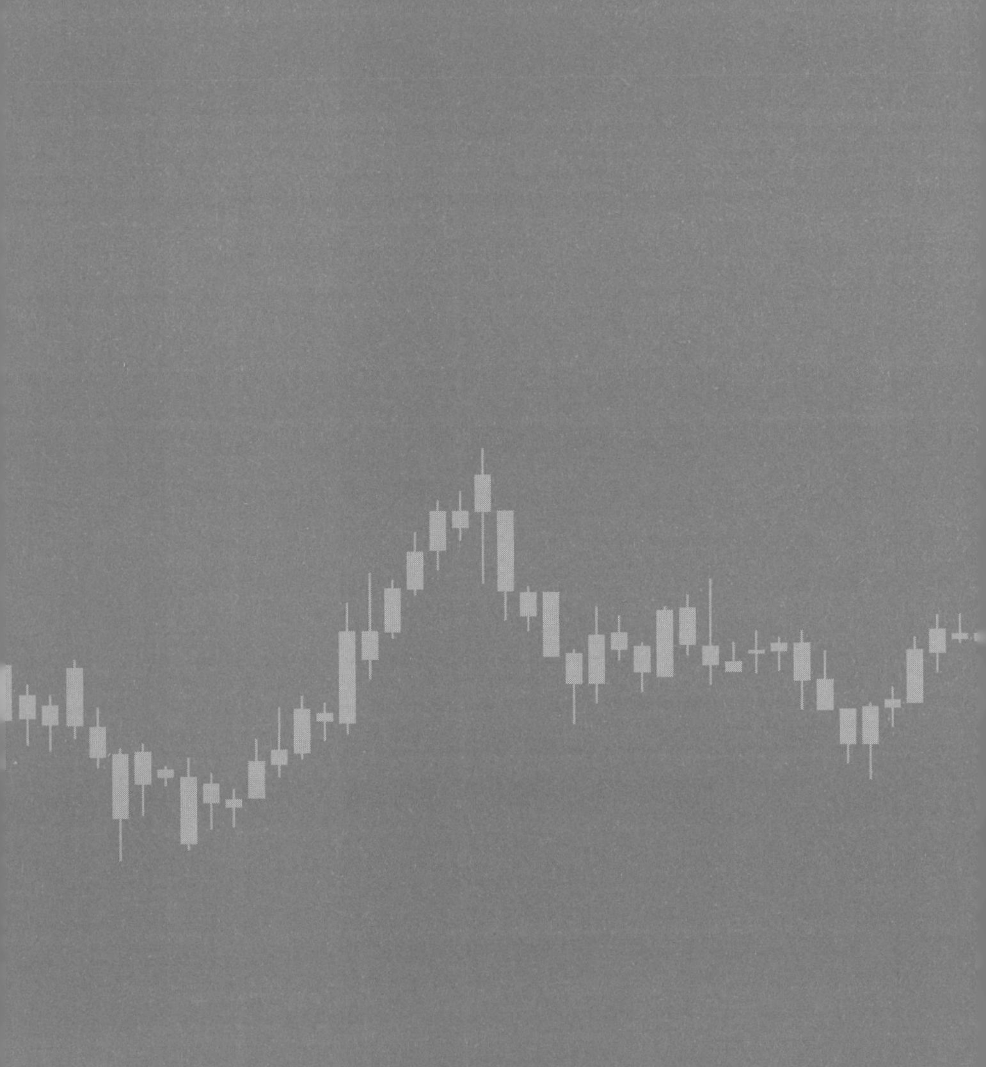

'지방 진화'의
현장에서

다름을
두려워하지 않고

어느 날, 나는 딸아이의 유치원 등록부를 무심코 보게 되었다. 그리고 그 작은 종이 위에서 나는 내가 살고 있는 이 시대의 가장 거대한 질문과 마주했다.

전체 원아 8명 중 4명이 다문화 가정이었다. 엄마들의 국적은 각각 중국 2명, 일본 1명, 캄보디아 1명. 솔직히 처음엔 조금 놀랐다. 대한민국이 빠르게 다문화 사회로 전환되고 있다는 말은 들었지만 피부로 와닿지는 않았는데, 내 아이의 교실에서 그 실체를 목격한 기분이었다. 동시에 한국 사회에 만연한 '다문화 가정'에 대한 막연한 편견들이 내 머릿속을 스쳐 지나갔다.

　그러다 문득 유튜브 알고리즘이 나에게 던져준 영상 하나가 떠올랐다. 지방 소멸과 다문화 사회를 다루는 전문가들의 토론 영상이었다. 그들의 논조는 서늘했다. 지방 학교들이 다문화 가정 아이들로 채워지면서 기존 한국 아이들이 역차별을 당하거나 집단 따돌림의 대상이 되고 있다는, 다소 충격적인 이야기들이 오갔다.

　그들이 그리는 지방의 미래는 마치 갈등과 분열이 끊이지 않는 '디스토피아' 같았다. 화면 속 전문가들은 "특정 계층을 비하하려는 의도는 없다"고 선을 그었지만, 그들의 이야기는 교묘하게 편집된 공포 영화의 예고편 같았다. 마치 지방이 좀비 아포칼립스 현장이라도 되는 것처럼 말이다. 그들이 진짜 하고 싶었던 말은 아마 이것이었으리라.

　"봐라, 지방은 이렇게 변하고 있다. 인구가 줄고, 낯선 문화가 그 자리를 채우고, 교육 환경은 무너지고 있다. 그러니 지방은 끝났다."

　나는 그 영상을 보며 묘한 불쾌감을 느꼈다. 그것은 책상 위 데이터로만 세상을 재단하는 이들의 오만함이자, '지방'과 '다문화'라는 키워드를 '위험'과 '갈등'이라는 프레임 안에 가두려는 게으른 편견처럼 보였기 때문이다.

하지만 내가 매일 마주하는 현실은 그들의 괴담과는 전혀 달랐다. 물론 아이들의 세상이라고 갈등이 왜 없겠는가. 내 딸의 유치원에도 유별나게 산만하고 친구들을 자주 괴롭히는 아이가 한 명 있었다. 그 전문가의 논리대로라면 그 아이는 당연히 다문화 가정 아이여야만 했다.

그런데 아이러니하게도 그 아이는 아빠, 엄마 모두 한국인인 가정의 아이였다. 반면 내 딸과 가장 친한 단짝은 중국인 엄마를 둔 친구다. 배경이 무엇이든 그것이 아이의 인성을 결정하지는 않는다는 단순한 진리였다.

이 작은 교실에서 내가 매일 목격하는 진실은 이것이다. 아이들은 친구 엄마의 국적이 어디인지, 피부색이 어떤지 따위에는 조금도 관심이 없다. 그들에게 중요한 것은 단 하나, '같이 놀면 재미있는 친구인가?'뿐이다. 편견을 만들고 갈등을 부추기며 우리와 그들을 나누는 선을 긋는 것은, 언제나 못난 어른들뿐이라는 것을 나는 매일 아침 유치원 등원 길에서 배운다.

내 학창시절, 국사 선생님은 '단일민족'이라는 말을 주문처럼 외우셨다. 우리는 모두 똑같은 피를 가진, 그래서 위대한 민족이라고. 나는 그 말을 의심 없이 믿었다. 그리고 오늘, 나는 내 딸의 친구들을 본다. 중국, 일본, 캄보디아, 그리고 대한민국. 아이들은 서로 다른 말을 쓰는 엄마를 가졌다는 사실 따위는 관심조차 없고, 그냥 함께 웃고 뛰어논다.

나는 두 개의 교실을 떠올린다. 30년 전 나의 교실과 지금 내 딸의 교실. 어떤 교실이 더 자랑스럽고, 어떤 교실이 더 위대한 대한민국을 보여주는지 이제 나는 그 답을 안다.

내 딸은 삶으로 글로벌을 배우고 있다. 영어를 유창하게 하는 아이가 아니라, 다문화를 편견 없이 받아들이고 친구가 될 수 있는 아이. 이것이 진정한 글로벌 마인드가 아닐까? 딸이 자라서 "한국인이라서 자랑스럽다"고 말한다면, 그 이유는 우리가 단일민족이어서가 아니라 다양한 문화와 민족을 포용하는 열린 사회의 일원이기 때문이기를 바란다.

세상의 편견들에게 감히 한 말씀 올린다.
"지방이 위험하다고요? 천만에요. 여기는 아이들이 자연스럽게 세계 시민으로 자라나는 글로벌 교육의 성지입니다!"

여기는 지방 소멸이 아니라 '지방 진화'의 현장이다. 그리고 내 딸은 그 진화의 최전선에서, 세상에서 가장 쿨한 글로벌 키드로 자라나고 있다. 10년 후, 20년 후 대한민국을 이끌어갈 세대는 바로 이 아이들이다. 다름을 두려워하지 않고, 경계를 넘나들며, 세계를 하나의 터전으로 여기는 그런 세대 말이다.

어쩌면 미래 대한민국의 진짜 힘은 바로 시골의 작은 유치원 교실에서 조용히 자라나고 있는지도 모른다.

조조가
날 부르고 있어

지방 공무원의 삶은 종종 '우물 안 개구리'에 비유되곤 한다. 매일 보는 사람, 매일 하는 일이 비슷하고, 더 넓은 세상을 경험할 기회는 거의 없다고들 생각한다. 나 역시 그 편견에 고개를 끄덕이며 살고 있었다. 그러던 어느 날, 시청 내부 행정망에서 발견한 공고 하나가 내 우물에 운석을 던졌다.

중국 자매도시 보저우亳州 파견 근무자 모집

'해외 파견'이라니. 이건 외교부나 중앙부처 엘리트들의 전유물 아니었나? 하지만 공고를 자세히 들여다보니 거창한 이야기는 아니었다. 두 지방 소도시 간의 소박한 교류 프로그램이었다.

'중국이라…'

나는 대학 시절 중국 난징에서 교환학생으로 지냈던 경험이 있었다. 좋은 추억이 많았고 중국어 실력도 일취월장했기에 더 끌렸다. 무엇보다 이제 막 네 돌이 지난 딸과, 새로운 경험을 갈망하는 아내에게 '해외 생활'이라는 특별한 선물을 줄 수 있다는 생각에 가슴이 뛰었다.

나는 홀린 듯 파견 도시의 이름을 검색창에 쳐봤다. '안후이성 보저우.' 평생 들어본 적 없는 지명이었다. 그런데 검색 결과 첫 줄을 보는 순간 온몸에 전율이 흘렀다.

삼국지 위魏나라의 건국자 조조曹操와 전설적인 명의 화타華佗의 고향.

심장이 쿵 하고 내려앉았다. 이건 우연이 아니라 운명이었다. '삼국지'는 내 유년 시절의 바이블이었고, 조조는 위연 다음으로 내가 가장 애정하는 난세의 영웅이었다. 이건 단순한 파견 근무가 아니었다. 평소 '반골 위연'을 동경하던 나에게, 진짜 '난세의 반골' 조조가 직접 초대장을 보낸 것이나 다름없었다. 1,800년의 시간을 거슬러 올라가는 성지순례의 기회였다.

"여보, 나… 중국 가야 할 것 같아. 조조가 날 부르고 있어."

“또 삼국지 타령이야?”

아내는 헛웃음을 지었지만 내 눈의 광기를 읽었으리라. 나는 딸에게 더 넓은 세상을, 아내에게는 우리가 함께 꿈꿨던 새로운 모험을 약속했다. 아내는 이내 고개를 끄덕였다.

중국어 자격증이 있으면 가점이 있어 유리했다. 나는 서랍 깊숙이 처박아두었던 중국어 책을 다시 꺼냈다. 대학 시절 땄던 HSK 6급은 이미 만료된 지 오래였다. 오랜만에 다시 하려니 예전 같지 않아서 목표를 수정했다. '6급은 무리다. 5급만 다시 따자.'

밤마다 딸이 잠든 후 나는 다시 수험생이 되었다. 나의 이 위험한 도박에 아내도 꼬드김을 당해 함께 배를 탔다. 내가 대학 시절의 기억을 되살리려 애쓰는 동안, 아내는 HSK 3급이라는 새로운 세계에 용감하게 뛰어들었다. 결과는 무난한 합격이었다. 내 HSK 5급 합격증과 아내의 3급 합격증. 등급은 달랐지만 그 안에 담긴 노력의 무게는 같았으리라.

내가 중국 파견에 지원했다는 소문이 퍼지자 동료들의 반응은 다양했다.

유형 1. 90년대 뉴스 시청자 : “야, 중국 위험하잖아. 밤에 돌아다니지 마라. 장기 털린다.”

유형 2. 우물 안 개구리 : “거기도 완전 시골이라던데, 5개월 동
　　　안 할 거 없어서 병 걸릴걸?”

유형 3. 프로 걱정러 : “뭐? 애를 데리고? 와이프가 보살이네. 애
　　　아프면 어쩌려고 그래?”

그들의 눈에 나는 가족을 사지로 몰아넣는 무책임한 가장이었
다. 하지만 나는 알았다. 그들의 걱정은 사실 자신들이 떠나지 못
하는 현실에 대한 ‘변명’이라는 것을.

물론 다른 목소리도 있었다. 동갑내기 동료는 “애들 학교 때문
에 엄두도 못 내는데 정말 부럽다”며 한숨을 쉬었고, 정년이 가까
운 선배는 내 어깨를 툭 치며 “승진 몇 년 늦는 것보다 그런 경험
이 평생 남는 재산이다”라며 묵직한 응원을 건넸다.

물론 어김없이 등장하는 ‘승진교’의 독실한 신도들은 “너 그러
다 사람들 기억 속에서 잊힌다”며 경고했다. 그들의 다양한 반응
을 보며 나는 이 우물의 깊이를 다시 실감했다.

마침내 파견 지원 마감일, 결과는 충격적이었다. 지원자는 나
한 명뿐이었다.

그때 깨달았다. 지방의 ‘역설적 특권’을. 서울이나 대도시였다

면 수십 대 일의 경쟁률로 박 터졌을 기회가, 여기서는 텅 빈 고속
도로처럼 나를 기다리고 있었다.

며칠 뒤 형식적인 면접을 거쳐 파견이 최종 확정되었다. 모든
것이 바빠졌다. 딸은 유치원을 퇴소했고 아내는 육아휴직을 신청
했다. 우리는 설레는 마음으로 짐을 꾸렸다.

출국 당일, 공항에는 양가 부모님이 배웅을 나와주셨다. 어머
니는 눈시울을 붉히는 대신 내 손을 꽉 잡으며 "손녀딸 잘 챙겨라.
너는 괜찮아도 애는 다르다"며 지극히 실용적인 당부를 하셨다.
아버지는 여느 때처럼 말없이 내 어깨를 두드려주셨다.

문득 10여 년 전이 떠올랐다. '패잔병'처럼 고향으로 내려오던
날, 아버지는 말없이 내 짐을 받아주셨었다. 하지만 오늘 아버지
는, 자기 가족을 이끌고 더 넓은 세상으로 나아가는 아들을 묵묵
히, 그리고 자랑스럽게 지켜보고 계셨다.

비행기가 육중한 소리를 내며 활주로를 달리기 시작했다. 창밖
으로 점점 작아지는 풍경을 보며 나는 다시 한번 스물다섯의 나
를 떠올렸다. 그때는 세상의 중심에서 밀려난다고 생각했지만,
오늘의 나는 더 넓은 세상을 향해 날아오르고 있었다.

내 인생이라는 게임의 맵이 '다른 나라'로 확장되고 있었다. 비행기가 구름 위로 솟구치는 순간, 나는 조용히 중얼거렸다.

"조조, 지금 만나러 갑니다."

펑요
朋友

중국의 스케일은 상상을 초월했다. 내가 머문 보저우亳州는 인구 600만에 면적은 충청남도만 했지만, 중국에서는 그저 '지방 소도시' 취급을 받았다. 국사 교과서에도 등장하는 충칭重慶은 면적이 남한 전체와 맞먹을 정도다. 이런 대륙급 스케일을 눈으로 확인하고 나니, 내가 그동안 얼마나 좁은 우물 속에 있었는지 뼈저리게 알게 되었다. 보저우는 나에게 도시 하나를 넘어 세상을 다시 배우는 거대한 교실이었다.

보저우는 도시 전체가 '삼국지 테마파크'였다. 거리 곳곳에는 조조와 화타의 거대한 조각상이 우뚝 서 있었고, 조조가 직접 건설했다는 지하 군사 시설인 '조조지하운병도曹操地下運兵道'가 실존

했다. 심지어 조조의 친필까지 남아있었다. 길 이름조차 위무제의 이름을 딴 '위무대로', 조조의 친척인 '조인로' 같은 영웅들의 이름으로 가득했다. 공원이나 광장 역시 '조조공원', '건안문화광장', '위무광장' 등 삼국지에서 따온 지명이 즐비했다. 삼국지 덕후로서 발걸음을 옮길 때마다 감격스러운 순간의 연속이었다. 이곳은 단순한 도시가 아니라 살아 숨 쉬는 삼국지 박물관 그 자체였다.

그뿐만이 아니다. 보저우는 '약의 수도藥都'로도 불린다. 전설적인 명의 화타의 고향답게 세계 최대 규모의 중약재 시장이 도심에 자리 잡고 있었고, 거리마다 낯설고도 은은한 약재 향이 배어 있었다. 매일 아침 영웅과 명의의 도시에서 과거와 현재가 뒤섞인 묘한 공기를 마시며 나는 새로운 세상에 적응해 나갔다.

나는 보저우시 상무국의 무역추진위원회에 배치되었다. 기업 투자 유치와 무역을 담당하는 핵심 부서였는데, 그 말인즉슨, 외부 손님을 맞이하는 '접대'가 끊이지 않는다는 뜻이었다.

중국의 술 문화는 상상 이상이었다. 특히 보저우는 중국 8대 명주 중 하나인 '고정공주古井贡酒'의 본고장이다. 조조가 황제에게 바쳤다는, 기네스북에도 등재된 유서 깊은 술이다. '남자가 술을 못 하면 무시당한다'는 인식 탓에 술을 마다할 수는 없는 노릇이었다. 내 주량이 약한 편은 아니었지만, 50도가 넘는 백주白酒로 '우정'을 증명하며 목구멍을 태워야 하는 시간은 솔직히 고역이었다.

대신 다양한 진미를 맛볼 기회도 많았다. 하지만 매미, 전갈, 자라 요리가 나왔을 때는 잠시 주저했다. 그로테스크한 비주얼에 본능적인 거부감이 들었지만, 곧 마음을 바꿨다. 문득 예전에 들었던 이야기가 떠올랐기 때문이다. 내륙 국가인 몽골 사람들은 새우를 처음 보면 '징그러운 벌레'로 여겨 먹지 않는다는 이야기 말이다. 우리가 새우를 맛있게 먹는 건 그저 익숙하기 때문일 뿐이다. 매미와 전갈도 마찬가지다. 모든 거부감은 결국 낯섦이 만든 편견일 뿐이다. 고소한 맛을 느끼며 한 접시를 비워내는 순간, 내 안의 벽 하나가 허물어졌다.

잦은 행사 덕분에 영주시 홍보대사 역할도 톡톡히 했다. 베이징, 상하이, 광저우 등 대도시에서 온 투자자들 앞에서 내가 한국 공무원이라는 사실이 밝혀지면 그 자체로 신선한 화제가 되었다. 동료가 다음 날 "네 덕분에 분위기가 좋아져서 투자가 성사됐어!"라고 말해줄 때면, 두 도시의 가교 역할을 완수했다는 성취감이 밀려왔다.

대학 시절 난징에서 교환학생으로 지낸 적이 있지만, 당시에는 외국인 학생들끼리만 어울렸기에 현지인들과의 교류는 적었다. 특히 중국 공무원들은 위압적이고 권위적일 것이라는 편견이 있었다. 하지만 높고 단단해 보였던 편견의 벽 너머에서 나는 중국의 진짜 얼굴을 마주하기 시작했다.

직장 문화는 의외로 수평적이었다. 공산당의 엄격함 대신 존댓말이 없는 언어적 특성 덕분인지 격의 없는 토론이 일상적이었다. 더 충격적인 것은 여유로운 근무 시간이었다. 출근은 8시, 퇴근은 5시 반인데 점심시간이 12시부터 오후 2시 반까지였다. 이 황당할 정도로 긴 점심시간의 정체는 바로 '신성한 낮잠 시간' 때문이었다.

더욱 놀라운 것은 지독할 정도로 개인적인 점심 식사 문화였다. 팀원 전체가 몰려가 메뉴를 통일하는 한국과 달리, 이곳 동료들은 점심시간이 되자마자 각자의 집으로 향하거나 사무실 자기자리에서 홀로 조용히 식사를 해결했다. 집에 가서 밥을 먹고 가족과 함께 한두 시간씩 낮잠을 자고 오는 것, 누구의 방해도 받지 않고 온전히 자신만의 휴식을 누리는 것이 그들의 생활 철학이었다. '빨리빨리'를 외치며 10분 만에 점심을 해치우는 우리에겐 비효율적으로 보일지 모르지만, 어쩌면 그것이 14억 인구가 지치지 않고 돌아가는 진짜 동력일지도 모른다는 생각이 들었다.

현장에서 목격한 중국의 기술 발전은 경이로움을 넘어 공포에 가까웠다. 10여 년 전 내 기억 속에 있던 중국은 더 이상 없었다. 거리에는 전기차와 전기 오토바이가 소리 없이 흐르며 매연을 지웠고, 허름한 노점상의 양꼬치 하나조차 휴대폰 QR코드로 결제하는 '현금 없는 사회'가 완성되어 있었다. 위조지폐 감별기를 돌리던 풍경은 아득한 옛날이야기가 되었다.

몇 년 전만 해도 옥수수밭이었을 자리에 SF 영화에 나올 법한 마천루들이 구름을 찌르고 있었고, 도시 사이는 시속 350km의 초고속 열차가 핏줄처럼 연결하고 있었다. 전날 저녁 주문한 물건이 오늘 점심에 도착하는 상식 파괴의 물류 혁명도 일상이었다.

이 경험은 나의 투자관도 바꿔놓았다. 현장의 기술 발전을 목격하며 지방 울타리 안에만 있었다면 결코 알 수 없었을 글로벌 시장의 거대한 변화. 직접 보고 느끼는 '현장 체험'이야말로 최고의 투자 지침서였다.

보저우에서 만난 사람들은 따뜻했다. 명절에는 동료가 우리 가족을 집으로 초대해 산해진미를 차려주기도 했다. 딸에게는 잊지 못할 '첫술'의 추억이 생겼다. 어른들의 술자리가 길어지자 목이 말랐던 딸이 테이블 위 투명한 액체를 물인 줄 알고 마셔버린 것이다. 하필 50도의 독한 백주였다. 아이의 목구멍으로 불덩이가 넘어가는 순간 딸의 세상은 무너졌다.

"아빠, 매워! 매워!"

딸은 눈물 콧물을 쏟으며 내 품에 안겨 울었다. 얼마나 놀라고 뜨거웠을까. 황급히 콜라를 먹여 진정시켰다. 그날 이후, 한동안 딸은 생수를 건네받을 때도 마치 폭발물을 다루듯 코끝을 대고 킁킁거리는 '감별사'가 되었다. 5살 인생에 마주한 50도의 진실은 그만큼 뜨겁고 강렬했다. 동료는 "아이가 백주를 맛본 건 인생의 매운맛을 일찍 배운 것"이라며 "크게 될 인물"이라고 농담을 던졌다. 그날 진짜 취한 건 딸도 나도 아니라 그 따뜻한 농담이었다.

처음 도착했을 때, 낯선 환경이 무서워 내 팔에만 매달리던 딸은 며칠 뒤 놀이터에서 또래 아이들에게 다가가 "니하오!"라고 외치기 시작했다. 비록 "왜 아무도 안녕이라고 안 해?"라며 서운해하기도 했지만, 유튜브를 보며 중국어를 따라 하더니 어느새 자기소개를 할 정도로 성장했다.

아내에게도 드라마틱한 변화가 있었다. 도착 초기, 폭죽 소리를 총격전으로 오해해 공포에 떨던 아내는 어느새 중국의 싼 물가에

환호하는 '대륙 탐험가'가 되었다. 필라테스와 수영으로 몸을 다지고, 주말마다 대륙의 맛집을 정복하며 요리 세계를 넓혀갔다. 저녁마다 광장에 모여 수백 명과 함께 춤추는 '광장무' 문화에 섞여 어설픈 몸짓으로 춤을 추던 우리 가족의 모습은 보저우 생활의 백미였다.

물론 대륙의 삶이 마냥 달콤한 것은 아니었다. 특히 내 신체와 멘탈을 시험하는 순간들이 있었다. 먼저 지독한 흡연 문화였다. 식당, 사무실, 심지어 엘리베이터 안에서도 담배를 피워대는 통에 내 폐에 검은 락카를 덧칠하는 기분이었다. 담배를 거절하면 '의리'를 거론하는 눈빛에 비흡연자인 나도 강제로 발암물질을 마셔야 했다.

도로 위는 또 어떤가. 중국의 차들은 방향지시등을 옵션에서 빼고 출고하는 게 분명했다. 오직 경적 소리 하나로 소통하며 '분노의 질주'를 찍는 택시 뒷좌석에서 나는 매일 안전벨트를 부여잡고 기도했다. 또한 '만리방화벽 Great Firewall' 때문에 카톡 하나 보내려 해도 VPN이라는 디지털 망명을 시도해야 했다.

하지만 진짜 서늘한 얼굴은 청년들의 삶 속에 숨어 있었다. 중국 청년들은 '996'(아침 9시부터 밤 9시까지 주 6일 근무)이라는 가혹한 컨베이어 벨트 위에서 구워지고 있었다. 기술은 세계 최

고를 향해 폭주하지만, 그 기술을 만드는 인간의 워라밸은 처참
하게 뭉개져 있었다.

지독한 무한 경쟁에 지친 그들은 이제 스스로 드러눕는 '탕핑躺
平'을 넘어, 인생을 포기해버리는 '바이란擺爛'의 단계로 접어들고
있었다. 그 절망의 끝은 숫자로 증명된다. 중국의 출산율은 이미
1.0명 선이 무너졌고, 상하이 같은 대도시는 한국 뺨치는 0.7명대
를 기록 중이다. 워라밸이 사라진 삶에서 아이를 낳는 건 축복이
아니라 고통의 대물림이라는 슬픈 연대감이 대륙을 휩쓸고 있었
다. 한국이 걷고 있는 잿빛 길을, 중국은 더 거대한 덩치로 더 가
파르게 뒤쫓고 있었다.

초고속 열차의 기술력과 방향지시등 없는 무법 도로, 이웃과 춤
추는 따뜻한 공동체와 숨 막히는 무한 경쟁. 이 기묘한 조합들이
끓어오르는 용광로, 그것이 내가 마주한 중국의 진짜 얼굴이었
다.

5개월의 파견이 끝나고 떠나는 날, 동료들이 공항까지 배웅을
나와 내 손을 맞잡았다.

"솔직히 이전에는 한국인에 대해 편견이 있었는데, 너희 가족
을 만나고 완전히 깨졌어. 고맙다, 펑요朋友."

그가 나를 '친구'라고 부르는 순간, 국적도 직급도 사라지고 마음을 나눈 두 사람만 남았다. 50도의 독한 백주보다 체온이 담긴 36.5도의 따뜻한 진심이 내 마음을 더 뜨겁게 달궜다. 한국인이 중국인에 대해 많은 편견을 가진 만큼, 중국인 또한 한국인에 대한 편견이 많았다. 나의 가장 큰 성과는 투자 유치가 아니라 이 편견의 벽에 작은 균열을 낸 것이었으리라.

보저우에서의 시간은 우리 가족 인생의 패러다임을 바꾼 전환점이었다. '지방직 공무원'이라는 우물에서 벗어나 '지구촌 시민'으로 살아갈 용기, 편견의 안경을 벗고 진짜 세상을 마주하는 믿음.

지금도 가끔 보저우의 그 진한 약재 향기가 코끝을 스치는 것 같다. 그리고 공항에서 내 손을 잡고 "펑요"라고 불러주던 그 따뜻한 목소리가 독한 백주보다 더 깊은 여운으로 남는다.

10년 후의
우리에게

아내에게 하와이 신혼여행은 생애 첫 해외여행이었다. 인천공항에서부터 이미 눈이 동그래진 그녀를 보며, 나는 속으로 생각했다. '이 사람, 진짜구나.'

하와이 마우이섬의 할레아칼라산을 오르는 길목마다 그녀는 마치 다른 세계를 목격한 듯 탄성을 내뱉었다. "진짜 이런 곳이 있구나! 세상은 정말 넓구나!" 하나우마 베이에서 스노클링을 할 때는 아예 물고기들에게 말을 걸더니 물 밖으로 나와서는 "여보, 나 방금 니모 봤어!"라며 아이처럼 좋아했다.

그날 우리는 붉게 물드는 석양 아래, 해변의 조개껍질 위에 앉아 작은 약속을 하나 했다. 10년 후, 대한민국 인구 증가에 당당히 기여하여 우리 가족 '완전체'로 꼭 다시 이곳에 오자고. 그때는 그저 신혼부부의 달콤하고 소박한, 그러나 국가적으로는 매우 중대한 맹세였다.

집으로 돌아온 뒤에도 아내는 틈만 나면 하와이 이야기를 꺼냈다. 동네 마트에서도 "여보, 저 파인애플 보니까 하와이 생각난다!"라고 했고, 식당에서 생선구이를 먹다가도 "하와이 물고기들은 잘 있을까?"라며 아련해했다.

나는 대학 시절 우크라이나에서 인턴을 하며 유럽을 여행했고, 중국 난징에서 교환학생을 하며 대륙 전역을 다녔기에 해외여행이 비교적 익숙했다. 하지만 아내의 그 순수한 설렘은, 여행에 무뎌져 있던 나를 다시 뛰게 만들었다.

그 후로도 틈날 때마다 우리는 짧은 해외여행을 함께했다. 일본이나 홍콩 정도의 가까운 나라들이었지만, 아내에게는 매번 열리는 새로운 우주였다. 어느 날 밤, 나란히 누워 "인생에서 가장 즐거웠던 순간이 언제였어?"라는 낯간지러운 질문을 던졌을 때, 우리는 깨달았다. 우리가 꼽은 최고의 순간 대부분이 이름 모를 낯선 여행지에서 만들어졌다는 사실을 말이다.

그날 우리의 약속은 한 단계 업그레이드되었다.

"여보, 우리 언젠가 꼭 함께 세계여행을 떠나자."

그날 이후 나는 도서관에서 세계여행에 관한 책들을 닥치는 대로 읽기 시작했다. 배낭 하나 메고 떠난 청춘들부터 자동차로 유라시아를 횡단한 가족까지, 세상에는 정말 용감한 이들이 많았다. 책장을 넘길 때마다 가슴이 뛰었다. '언젠가 우리도 저런 모험을 할 수 있을까?' 꿈은 점점 구체적인 '계획'으로 변해갔다.

그리고 마침내 2025년.
드디어 결혼 10주년이 되었다. 하와이에서의 그 약속을 지킬 시간이 온 것이다. 나에게는 6개월, 아내에게는 1년의 육아휴직이 남아있었다. 딸아이가 내년에 초등학교에 입학하니 타이밍조차 완벽했다. 그동안 치열하게 플레이해 온 '투자 게임'의 결과물은 우리 가족을 세계로 쏘아 올릴 든든한 '연료'가 되기에 충분했다.

문득 10여 년 전이 스쳐 지나갔다. 서울 생활을 접고 '패잔병'이 되어 영주행 시외버스에 몸을 실었던 그날. 하지만 오늘 나는 아랍에미리트행 비행기 티켓을 손에 쥐고 있다. 인생이란 이토록 드라마틱하다.

우리의 여정은 아랍에미리트를 시작으로 프랑스, 이탈리아, 스위스, 독일, 영국, 미국 본토를 거쳐 하와이와 일본을 들러 귀국하는, 말 그대로 지구를 한 바퀴 도는 대장정이다. 10년 전 하와이 해변에서 '10년 후의 우리'에게 띄워 보낸 소박한 편지가, 이토록 거대한 글로벌 프로젝트라는 답장으로 돌아올 줄은 꿈에도 몰랐다.

이 여행은 단순한 관광이 아니다. 나에게는 세 가지 분명한 목적이 있다.

첫째, 이것은 방구석 투자자를 넘어선 '글로벌 투자자'로서의 출정식이다. 파리 샹젤리제 거리 루이비통 매장에 줄을 선 사람들의 숫자를 직접 세어보며 명품 시장의 온도를 재고, 독일 아우토반에서는 독일 차가 여전히 건재한지 직접 액셀을 밟아보며, 월스트리트의 심장부에서는 자본주의의 뜨거운 박동을 느끼는 실전 시장조사다. 내 돈이 일하는 세상을 직접 두 발로 확인하는 과정이다.

둘째, 내 딸의 작은 세상에 거대한 세계의 풍경을 선물하는 '아빠의 약속'이다. "세상은 넓단다"라는 백 마디 말 대신, 로마 콜로세움의 장엄함과 그랜드 캐니언의 압도적인 대자연을 아이의 마음에 직접 새겨주고 싶다. 백문이 불여일견이라는 진리를 온몸으로 느끼게 해주고 싶다.

  셋째, 언젠가 감행할 진짜 '장기 여행'을 위한 우리 가족의 생존 능력 테스트다. 아내와 나는 언젠가 1년 이상의 대륙 횡단 세계여행을 꿈꾸고 있다. 이번 여행은 우리 가족이 긴 여정을 얼마나 잘 소화할 수 있는지 확인하는 최고의 리허설이 될 것이다.

  나의 삶은 더 이상 지방이라는 로컬에 갇혀 있지 않다. 나의 자산이 전 세계로 뻗어나가듯, 내 가족의 경험과 무대 역시 거대한 글로벌로 그 영토를 확장하고 있다.

80일간,
세계를 달리다

2025년 9월, 아랍에미리트의 숨 막히는 사막 열기를 뚫고 시작된 여정은 11월, 도쿄의 차분한 가을 공기를 지나 다시 봉화의 집현관문을 여는 것으로 마침표를 찍었다. 쥘 베른의 소설 『80일간의 세계 일주』처럼 우리도 정확히 80일을 여행했다. 소설 속 주인공은 지구를 동쪽으로 돌았지만, 우리는 서쪽으로 지구를 한 바퀴 돌았다.

80일간 11개국. 총 4,000만 원이라는 판돈을 걸고 벌인 이 장대한 프로젝트는 내 인생에서 가장 화려한 기록이 되었다.

여정의 시작점인 아랍에미리트. 끝없는 사막 한복판에 세워진

두바이의 마천루들은 경이로움을 넘어 기괴할 정도로 비현실적이었다. 모래 위에 인간의 의지로 박아 넣은 그 거대한 유리와 철강의 숲을 보며, 나는 이곳이 현실인지 아니면 고도로 설계된 사이버펑크 게임의 서버 속인지 헷갈렸다. 인간의 탐욕이 자본과 기술을 만났을 때 어디까지 솟구칠 수 있는지, 두바이는 그 거대한 증거 그 자체였다.

하지만 진정한 위엄은 대서양을 건너 뉴욕 맨해튼에 발을 디뎠을 때 찾아왔다. 두바이가 화려한 신기루 같았다면, 맨해튼의 스카이라인은 100년의 욕망이 켜켜이 쌓인 '마천루의 고전'이었다. 마치 유럽의 고풍스러운 골목길처럼, 엠파이어 스테이트 빌딩부터 록펠러 센터까지 구름을 뚫고 솟아오른 낡고 거대한 콘크리트 숲에는 '원조'만이 가질 수 있는 묵직한 연륜이 흐르고 있었다.

특히 월스트리트의 황소 상 앞에 서서 마천루들을 바라보았을 때, 한 명의 투자자로서 전 세계 돈의 흐름이 결정되는 이 거대한 숲의 한복판에 서 있다는 쾌감을 느꼈다.

로마의 콜로세움 앞에 섰을 때의 장엄함, 파리의 에펠탑이 밤하늘을 수놓는 압도적인 우아함, 런던의 빅 벤이 울리는 묵직한 존재감은 사진으로 보던 것과는 차원이 다른 무게로 다가왔다.

특히 나를 전율하게 했던 것은 판타지 세계를 현실로 옮겨놓은 듯한 건축물들이었다. 바다 위에 떠 있는 몽생미셸을 마주했을 때의 신비로움과 디즈니 성의 모티브가 된 노이슈반슈타인 성의 우아한 자태는 내가 지금 꿈을 꾸고 있는 것이 아닌가 하는 착각마저 불러일으켰다.

박물관과 미술관에서는 인류의 욕망이 빚어낸 역사와 약탈의 흔적, 그 틈에서도 고귀하게 빛나는 고흐와 모네의 생생한 붓질을 보았다. 거장들의 작품을 단 몇 센티미터 앞에서 마주했을 때, 그 붓 터치 하나하나에 담긴 열망과 고뇌가 내 피부에 직접 와닿는 듯했다. 수백 년 전의 천재들과 시공간을 초월해 대화하는 기분, 그것은 억만금을 줘도 바꿀 수 없는 지적 사치였다.

인간의 창조물에 감탄했다면, 대자연 앞에서는 철저히 겸손해졌다. 그 시작은 이탈리아 북부의 돌로미티였다. 하늘을 찌를 듯 날카롭게 솟구친 거대한 암벽과 침봉들은 마치 신이 조각해 놓은 요새 같았다. 그 압도적인 수직의 풍경 앞에 섰을 때, 내가 성벽 안에서 겪었던 그 좁디좁은 인간관계와 갈등들이 얼마나 하찮은 것인지 온몸으로 느꼈다.

이어지는 스위스의 알프스는 또 다른 결의 충격이었다. 열차를 타고 오른 융프라우, '유럽의 지붕'이라 불리는 그곳에서 마주한 만년설의 서늘한 위엄은 숨을 멎게 했다. 루체른과 베른의 평화로운 풍경 뒤로 병풍처럼 펼쳐진 하얀 설산은 비현실적인 판타지 그 자체였다. 자연이 허락한 그 찬란한 백색의 세계에서 나는 비로소 일상의 소음을 완벽하게 차단할 수 있었다.

미국 서부의 대자연은 수평적 광활함의 극치였다. 그랜드 캐니언, 홀스슈 밴드, 엔텔로프 캐니언, 브라이스 캐니언, 자이언 캐니언으로 이어지는 대장정은 내 평생 잊지 못할 경외감을 선사했다. 억겁의 시간이 깎아낸 붉은 암석의 물결과 끝이 보이지 않는 지평선 속에서, 나는 내가 고민해왔던 수많은 문제가 얼마나 사소한 것이었는지를 깨달았다. 대자연은 아무 말 없이 내게 가장 큰 가르침을 주었다.

세상의 진미를 다 맛볼 것 같았던 세계 일주였지만, 여행 시작 수일 만에 깨달은 가장 차가운 사실은 '입맛은 결코 변하지 않는다'는 것이었다. 빵순이라 자부하며 유럽의 브런치를 기대했던 딸이 일주일 만에 "아빠, 빵은 이제 보기만 해도 싫어"라며 한식을 노래 부르기 시작했다.

하지만 유럽에서 동아시아 쌀을 구하기는 하늘의 별 따기였다. 밥 한 끼 지어 먹는 게 이렇게 힘들 줄이야. 결국 이탈리아 여정 중에 한식당을 들렀다. 그곳에서 마주한 김밥 한 줄의 가격은 무려 2만 원. 하지만 딸은 그 비싼 김밥을 혼자 두 줄이나 해치우는 기염을 토했다. 그 눈물겨운 먹방 이후, 아내는 외국 쌀로도 한식을 만드는 요리사가 되었다. 낯선 땅에서 냄비로 지어낸 고슬고슬한 밥 한 그릇이 그 어떤 미슐랭 요리보다 우리 가족을 단단하게 결속시켰다. 입맛의 향수병은 생각보다 지독했지만 아내의 '밥 매직'은 그보다 강력했다.

낭만적인 자동차 여행의 이면에는 처절한 생존 투쟁이 있었다. 프랑스 도로 한복판에서 차량이 멈춰 섰을 때는 눈앞이 캄캄했다. 당황한 채 주변의 프랑스인에게 번역기를 들이밀며 소통하던 그 식은땀 나는 순간들, 차량 털이를 피하려 주차할 때마다 모든 짐을 숨겨야 했고, 소매치기를 경계하느라 신경은 늘 곤두서 있었다. 매일매일이 긴박한 '작전'과도 같았다.

매일 밤 숙소를 예약하고 일정을 짜는 허드렛일까지 겹치니, 평소 당연하게 여겼던 일상의 시스템들이 얼마나 고마운 것인지 뼈저리게 느꼈다. 80일 중 60일을 운전석에 앉아 총 1만 2,000km를 달렸다. LA에서 그랜드 캐니언까지 하루 8시간, 700km가 넘는 거리를 질주하던 날, 내 허리는 끊어질 듯 비명을 질렀다.

처음엔 낯선 이방인 앞에서 아빠 등 뒤로 숨기 바빴던 아이가, 여정의 절반을 넘어서자 먼저 손을 내밀어 '헬로', '봉쥬르', '그라치에'를 외치는 법을 배웠다. 이는 영어 학원 레벨 테스트 점수 따위로는 증명할 수 없는, 생존을 위한 진짜 소통 능력이었다.

지루해할 줄 알았던 박물관에서 명화 속 이야기를 읽어내며 눈을 반짝였고, 험난한 대자연 트래킹 코스에서는 투정 대신 묵묵히 걷는 끈기를 보여주었다. 예술적 감수성과 야생의 생존력을 동시에 체득한 셈이다. 또한 타지에서 맛본 2만 원짜리 김밥 두 줄을 통해, 당연하게 여겼던 엄마의 밥상과 '일상의 소중함'을 혀끝으로 처절하게 깨달았다.

돌아온 딸의 눈동자 속에는 태평양의 지평선과 알프스의 만년설이 담겨 있었다. 내 아이의 가슴 속에 심어진 이 거대한 세계관은 돈으로 환산할 수 없는 '인생의 초기 자본'이자 아빠가 줄 수 있는 최고의 유산이 되었음을 확신한다.

파리, 로마, 런던, 뉴욕 같은 거대 도시의 화려함 이면에는 지독한 공허함과 피로가 도사리고 있었다. 관광객의 눈에는 에펠탑과 타임스퀘어가 낭만일지 모르나, 현지인의 모습은 그렇지 않았다. 특히 출퇴근 시간 지하철에서 마주한 풍경은 잊을 수 없다. 그곳엔 감정 없는 눈빛으로 스마트폰만 응시하는 '도시의 좀비'들이 가득했다. 시스템이 거대해질수록 인간은 그 시스템을 돌리는 익명의 부품으로 전락하고 있었다.

반면, 궤적을 살짝 틀어 들어간 지방 소도시들은 완전히 다른 차원의 공기를 내뿜고 있었다. 이탈리아의 마테라나, 프랑스의 루앙, 독일의 뇌르틀링겐 같은 곳에서 나는 비로소 숨통이 트였다.

가장 먼저 나를 반긴 것은 '공간의 환대'였다. 대도시에서는 주차 한번 하려면 전쟁을 치러야 했고 그 비용마저 가혹했다. 하지만 소도시의 주차 공간은 언제나 나를 기다렸다는 듯 넉넉한 품을 내주었다. 고요한 성당의 공기를 온전히 들이마시고, 오래된 돌담길의 질감을 찬찬히 음미하는 일. 유명세에 가려진 소도시의 보석 같은 명소들을 여유롭게 거니는 그 기분은 마치 도시 전체를 대관한 것 같은 착각마저 불러일으켰다. 진정한 여행의 질은 '얼마나 유명한 곳을 갔느냐'가 아니라 '그 공간을 얼마나 온전히 소유했느냐'에 달려 있다는 사실을 나는 그 한적한 거리 위에서 깨달았다.

여유는 도로 위에서도 빛났다. 유럽 소도시의 운전자들은 횡단보도 신호가 빨간불임에도 내가 길가에 서 있기만 하면 마법처럼 차를 멈춰 세웠다. 지방의 넓은 공간에서 내 속도대로 사는 것, 어쩌면 이것이야말로 자본주의가 숨겨놓은 진짜 '부(富)'의 형태가 아닐까. 남들이 '낙오'라고 부르는 이 한적한 공간이 사실은 나 자신으로 온전히 존재할 수 있는 가장 전략적인 요새였음을 지구

반대편의 소도시들이 증명해준 셈이다. 나는 전 세계를 돌고 나서야 내가 이미 가장 쾌적한 '퍼스트 클래스'에 살고 있음을 확신하게 되었다.

선진국이라 불리는 국가들을 돌며 내가 가장 뼈저리게 느낀 것은, 역설적이게도 '대한민국의 위대함'이었다. 슈투트가르트에서 화장실을 가기 위해 1유로를 내야 했을 때, 런던의 지하철에서 데이터가 터지지 않아 길을 잘못 들었을 때, 뉴욕의 거리에서 해가 지자마자 쏟아져 나오는 노숙자와 마약 중독자들을 피해 도망치듯 숙소로 들어와야 했을 때, 나는 사무치게 한국이 그리웠다.

대한민국은 카페 테이블 위에 노트북을 두고 화장실을 다녀와도 물건이 사라지지 않는 나라다. 식당에 가면 물이 공짜로 나오고, 공중화장실은 어디에나 있으며 깨끗하고 무료다. 한밤중에 편의점을 가기 위해 슬리퍼를 끌고 나가도 생명의 위협을 느끼지 않는 치안, 산간 오지에서도 팡팡 터지는 초고속 인터넷. 우리가 공기처럼 당연하게 누리고 있던 이 모든 것이 사실은 전 세계 어디를 가도 찾아보기 힘든, 대한민국만의 압도적인 '사회적 자본'이었다.

나는 1988년생, 이른바 '호돌이 세대'다.
대한민국이 개발도상국의 흙먼지를 털어내고 선진국의 문턱을 넘는 그 숨 가쁜 '압축 성장'의 시간을 온몸으로 통과하며 자랐다.

어린 시절, 우리에게 서구 선진국은 닿을 수 없는 미래이자 완벽한 유토피아였다.

하지만 어른이 되어 내 두 발로 직접 밟아본 그 '동경의 대상'들은 낡고, 느리고, 녹슬어 있었다. 그들이 과거의 영광에 취해 멈춰 있는 동안, 우리는 미친 듯이 달려 그들을 추월해 버린 것이다.

우리나라가 국민에게 제공하는 행정 서비스와 인프라가 얼마나 고퀄리티인지 몸소 느끼고 돌아와서 보니 알겠다. 나는 이미 전 세계에서 가장 안전하고, 쾌적하며, 효율적인 시스템을 갖춘 '프리미엄 국가'에 살고 있었다. 이 훌륭한 시스템을 유지하기 위해 보이지 않는 곳에서 땀 흘리는 수많은 동료 공직자와 시민의식에 깊은 경의를 표하지 않을 수 없다. 대한민국은 거주자에게 매일 최고의 배당을 지급하는 세상에서 가장 저평가된 우량주다.

하와이는 우리 부부에게 단순한 휴양지가 아니라, 인생의 새로운 챕터를 열었던 '약속의 땅'이다. 우리는 그 약속을 현실로 불러냈다. 무엇보다 가슴 벅찼던 건, 우리 둘뿐이었던 그 자리에 이제는 한 명의 소중한 생명이 더해져 셋이서 함께 섰다는 사실이다.

그러나 10년 만에 다시 마주한 하나우마 베이는 기쁨만큼이나 쓸쓸한 뒷맛을 남겼다. 지구 온난화의 거센 파도는 지상 낙원이라 불리던 이곳마저 비껴가지 않았다. 형형색색의 산호초와 손에 잡힐 듯 헤엄치던 열대어 군락은 온데간데없었다. 하얗게 변해버린 백화 현상의 잔해들이 바닷속을 덮고 있었고, 물은 탁했다. 우상향하는 자산 그래프 뒤편에서 지구는 조용히 우하향하고 있었다.

하지만 슬픔에만 젖어있기에는 하와이의 마지막 밤은 너무나 소중했다. 우리는 와이키키 해변이 내려다보이는 고급 식당의 창가 자리에 앉았다. 10년 전, 공무원의 얇은 지갑으로는 감히 엄두도 내지 못했을 스케일의 저녁 식사였다. 지글거리는 소리와 함께 서빙된 두툼한 스테이크를 셋이서 함께 써는 순간, 지난 10년의 세월이 주마등처럼 스쳐 지나갔다.

잿빛 성벽 안에서 이름 없는 말단 공무원의 무게에 짓눌려 시달리던 나. 어떻게든 가족을 지키겠다고 사투를 벌이며 공부를 하던 그 고단한 밤들. 그 모든 인고의 시간이 이 한 조각의 스테이크에 녹아있는 것만 같았다. 딸의 입가에 묻은 소스, 아내의 만족스러운 미소, 그리고 창밖으로 지는 하와이의 붉은 노을. 이 마지막 밤의 스테이크는 단순한 고깃덩어리가 아니었다. 그것은 자본주의의 파도를 넘어온 패잔병에게 수여된 훈장이자, 지난 10년을 버텨온 우리 가족을 향한 뜨거운 찬사였다.

80일간의 대장정을 마치고 마침내 도착한 곳, 내 폐부를 찌른 것은 지독하게 익숙하고 투박한 한국의 공기였다. 그리고 마주한 우리 집. 현관문을 여는 순간 훅 끼쳐오는 우리 집만의 냄새, 손때 묻어 반들반들해진 가구들. 거실 한구석에 굴러다니는 딸아이의 장난감과 벽지에 남은 낙서 자국마저 루브르의 명화보다 더 반가운 예술 작품처럼 보였다.

그리고 시작된 소소한 일상. 비로소 알 것 같았다. 우리가 떠난 여행의 종착지는 파리도, 뉴욕도, 도쿄도 아니었다. 그 먼 길을 돌아 우리가 기어이 도착해야 했던 곳은, 바로 이 낡고 익숙한 우리 집 소파 위였다.

행복은 거창한 성취나 화려한 풍경 속에 숨어있지 않았다. 저녁 식탁 위, "아우토반에서 200km로 질주할 때 진짜 짜릿했지" 하며 나누는 따뜻한 밥 한 그릇의 온기 속에, 딸아이의 작은 손을 잡고 걷는 노을 진 산책길 위에 행복은 이미 가득 차 있었다.

살아있다는 것은 어떤 거창한 목적을 달성해야만 완성되는 것이 아니었다.

나뭇잎 사이로 부서져 내리는 오후의 햇살, 비 갠 뒤 코끝을 스치는 젖은 흙내음, 낙엽의 바스락거리는 소리, 좋아하는 책의 첫

장을 넘길 때의 설렘, 그리고 계절이 바뀔 때마다 달라지는 출근길의 바람.

셋째 걸음. '지방 진화'의 현장에서

인생은 무언가가 되기 위해 달리는 것이 아니라 이 반짝이는 순간들을 온몸으로 '느끼는 것' 그 자체였다.

여행은 끝났고, 나는 다시 출근길에 오른다.
하지만 내 발걸음은 그 어느 때보다 가볍다.
내가 찾아 헤매던 세상의 모든 보물은, 이미 내 삶 속에 가득했으니까.

투자 게임 공략집 3 : 게임의 원칙

대한민국 최고의
방어구 3종 세트

우리는 완벽한 드림팀을 꾸렸다. 하지만 아무리 강력한 팀이라도 맨몸으로 경기에 나설 수는 없는 법. 투자라는 게임에서 시장의 등락보다 더 무서운 최종 보스는 바로 '세금'이다. 아무리 많은 승점을 따서 돈을 벌면 무엇하겠는가. 국세청에 세금으로 상당 부분을 떼이고 나면 말짱 도루묵이다.

탈세가 아니라 절세다. 국가가 마련해 준 합법적인 경기장에서 규칙을 최대한 활용하는 것이야말로 가장 똑똑한 감독의 자세다. 다행히 대한민국 리그는 우리 같은 소시민 감독들을 위해 '전설급 방어구 3종 세트'를 마련해 두었다. 이 장비들을 풀세트로 착용하는 순간, 당신은 세금이라는 보스의 공격을 대부분 막아내고 더 많은 수익을 확정 지을 수 있다.

더 좋은 소식은 이 모든 장비를 얻는 데 10분이면 충분하다는 것이다. 스마트폰 앱만 있으면 소파에 누워서 이 모든 계좌를 즉시 개설할 수 있다.

1. 유니폼 (연금저축펀드) : 모든 선수의 기본 장비

모든 감독이 가장 먼저 갖춰야 할 '기본 유니폼 세트'다. 이 유니폼의 능력은 그야말로 사기 급이다.

- 핵심 기능 1 – 세액공제 : 돈을 넣기만 해도 시즌이 끝나고 연말에 국세청에서 "수고했다"며 냈던 세금의 일부를 보너스로 돌려준다.
  - 소득에 따른 보너스 차등 지급 : 총급여 5,500만 원(종합소득 4,500만 원) 이하인 감독은 납입액의 16.5%를, 기준을 초과하는 감독은 13.2%를 환급받는다. 연간 납입 한도는 1,800만 원이며, 이 중 최대 600만 원까지 세액공제를 받을 수 있다.
- 핵심 기능 2 – 과세이연 : 원래 일반 계좌에서는 국내 주식형 ETF를 제외한 대부분의 자산(해외 ETF, 채권, 금 등)에서 이익이 나면 15.4%의 세금을 칼같이 떼어간다. 하지만 이 유니폼을 입고 경기를 뛰면, 발생한 모든 수익에 대해 당장 세금을 물리지

않는다. 세금으로 나갈 돈(15.4%)을 떼이지 않고, 그 돈으로 한 번이라도 더 투자해 복리 효과를 극대화하라는 국가의 배려다.

[감독의 디테일] 국내 상장 해외 ETF 투자 시 받는 분배금의 경우, 해외로 납부한 세금의 일부가 계좌 내에 '공제적립금(크레딧)'으로 적립된다. 이 적립된 크레딧은 나중에 연금을 수령할 때 낼 세금에서 그만큼 자동 차감된다.

- 계약 조건 : 한번 계약하면 55세까지는 벗기 힘들다. 중간에 해지하면 받았던 혜택을 대부분 반납해야 하는 페널티(기타소득세 16.5%)가 있다. 하지만 55세 이후 10년 이상 연금으로 1,500만 원 이하로 수령하면 일반적인 금융소득세(15.4%)가 아닌 3.3~5.5%(55세~70세 미만 5.5%, 70세~80세 미만 4.4%, 80세 이상 3.3%)의 압도적으로 낮은 연금소득세만 내면 된다.

  만약 1,500만 원을 초과한다면? 다른 소득과 합산하여 '종합소득세'로 내거나, 아니면 16.5% 분리과세를 선택할 수 있다. 감독의 다른 소득 상황에 맞춰 유리한 쪽을 고르는 '전술적 유연함'이 필요한 대목이다.

- 히든 기능 – 자유로운 비상금고 : 세액공제 한도(600만 원)를 초과해서 납입한 돈은 '비과세 재원'으로 분류된다. 이 돈은 아무런 페널티 없이 언제든 자유롭게 인출할 수 있다.

2. 특수 보호대 (IRP) : 핵심 선수를 위한 추가 방어구

기본 유니폼 위에 덧입는 '특수 보호대'다. 연금저축펀드와 IRP, 이 둘을 합쳐 '연금 계좌'라고 부르며, 과세이연 및 저율과세 등 기본적인 혜택은 동일하다.

- 핵심 기능 – 세액공제 한도 확장 : 기본 유니폼의 보너스 한도 (600만 원)가 아쉬운 감독들을 위해 세액공제 합산 한도를 연 900만 원까지 늘려준다.
- 필살기 – 퇴직금 방어 : 퇴직금을 이 보호대에 넣어두면, 당장 내야 할 퇴직소득세를 내지 않고 이연시켜 나중에 연금으로 받을 때 30~50%(10년 까지 30%, 20년까지 40%, 초과 시 50%) 나 감면받을 수 있다.
- 계약 조건 : 더 강력한 방어력을 얻는 대신 몇 가지 제약이 따른다. '안전자산 30% 의무 보유'라는 투자 제한이 있다. 예금이나 채권을 30% 이상 보유해야 한다. 중도 인출은 유니폼보다 훨씬 더 까다롭다. 기동성과 유연성을 일부 포기하는 대가로 더 높은 방어력을 얻는 상급자용 장비인 셈이다.

3. 고성능 신발 (ISA) : 3년마다 갈아 신는 비밀 병기

팀의 기동력을 극대화하는 '고성능 축구화'다. 노후라는 먼 미래보다는 3년 이상의 중기 목표 달성에 최적화된 만능 아이템이다.

- 핵심 기능 – 비과세 : 이 신발을 신고 벌어들인 수익은 일정 금액까지 세금을 단 한 푼도 내지 않는다.
  - 소득에 따른 차등 적용 : 직전 연도 총급여가 5,000만 원(종합소득 3,800만 원) 이하인 감독은 '서민형'으로 가입하여 수익 400만 원까지 비과세 혜택을 받는다. 기준을 초과하면 '일반형'으로 가입하며 비과세 한도는 200만 원이다.
  - 저율과세 : 비과세 한도를 초과한 수익에 대해서도 15.4%가 아닌 9.9%의 낮은 세율만 적용된다.
- 계약 조건 : 연 2,000만 원, 5년간 총 1억 원까지 납입할 수 있다. 무엇보다 유니폼이나 보호대와 달리, 납입한 원금은 언제든 자유롭게 인출할 수 있다는 막강한 장점이 있다.
- 연계 필살기 – 유니폼 강화 : 이 신발의 진짜 무서움은 최소 계약 기간인 3년이 지나면 신발을 녹여 당신의 유니폼(연금저축펀드)에 덧댈 수 있다는 점이다. 이때 이체한 금액의 10%(최대 300만 원) 만큼 세액공제 대상 한도를 늘려주는 최고의 시너지 기술이다.

마지막으로 위 장비들의 숨겨진 치트키는 '건강보험료 방어'다. 은퇴자들의 가장 큰 공포인 건강보험료 산정 시, 연금저축이나 IRP에서 수령하는 연금 소득과 ISA의 수익은 부과 대상에서 제외된다. 세금도 싼데 건보료 폭탄까지 막아주니, 노후의 성벽을 지키는 데 이만한 방패가 없다.

방어구 3종 세트 비교 요약

구분	연금저축펀드	IRP	ISA
핵심 목적	노후 자금 마련		중단기 목돈 마련
가입 자격	누구나	소득 있는 자	19세 이상 누구나
납입 한도	연 1,800만 원 (IRP와 통합)	연 1,800만 원 (연저펀과 통합)	연 2,000만 원 (최대 1억)
세제 혜택	세액공제 (연 600만 원 한도) (소득따라 13.2%/16.5%)	세액공제 (연 900만 원 한도) (소득따라13.2%/16.5%)	비과세 (200/400만 원) (소득에 따라 일반형/서민형)
중도 인출	세액공제 안 받은 납입액은 가능	원칙적으로 불가 (예외 사유 존재)	원금은 자유롭게 가능
투자 제한	없음	안전자산(예금, 채권 등) 30% 이상 의무 보유	없음
혜택을 위한 조건	5년 이상 유지 & 55세 이후 연금 수령		최소 3년 유지
필살기		퇴직금 수령 후 연금 형태로 수령 시 퇴직소득세 30~50% 절감	연금계좌 이전 시 추가 세액공제 (이체금액의 10%, 최대 300만 원)

감독의 최종 전략

자, 이제 이 3종 세트를 가장 효율적으로 활용하는 두 가지 공략법을 소개한다. 자신의 투자 목표와 성향에 맞춰 최적의 전략을 선택하길 바란다.

전략 1 : '노후 올인'형 감독을 위한 정석 루트

– 추천 대상 : 비혼/싱글족, 내 집 마련을 완료한 4050 감독, 은퇴 자금이 급한 늦깎이 감독.

– 목표 : 오직 은퇴 후의 풍요로운 삶을 위해 모든 화력을 집중한다.

　* 1단계 (연 900만 원까지) : 유니폼(연금저축펀드)과 보호대(IRP)를 활용해 세액공제 한도 900만 원을 모두 채운다.

　* 2단계 (연 1,800만 원까지) : 인출이 비교적 자유로운 연금저축펀드에 추가로 900만 원을 더 납입하여 연금 계좌 한도를 모두 채운다.

　* 3단계 (연 1,800만 원 초과) : 연금 계좌를 모두 채웠다면 그때부터 고성능 신발(ISA)에 남은 자금을 투입한다.

전략 2 : '밸런스 중시'형 감독을 위한 하이브리드 루트

– 추천 대상 : 결혼, 출산, 교육 등 이벤트가 많은 3040 감독, 유연한 자금 운용을 원하는 2030 감독.

- 목표 : 노후 준비와 3~5년 뒤의 목돈(여행, 주택 등) 마련을 동시
  에 잡는다.

  * 1단계 (연 900만 원까지) : 전략 1과 동일. 세액공제 혜택 900
    만 원을 먼저 챙긴다.

  * 2단계 (연 900만 원 초과) : 연금 계좌에 추가 납입하기 전,
    ISA 한도(연 2,000만 원)를 채우는 데 집중한다. 원금 인출이
    자유로워 중단기 목표 달성에 유리하기 때문이다.

  * 3단계 (연 2,900만 원 초과) : 모든 한도를 채운 고수의 영역.
    이때부터는 다시 연금저축펀드에 추가 납입하여 노후 성벽을
    높인다.

최종 강화 : ISA 연계 필살기

어떤 전략을 선택하든 3년마다 만기가 된 ISA 계좌의 돈을 연금저
축펀드로 이전하여 추가 세액공제까지 야무지게 챙기는 것을 잊지
마라.

자, 이제 당신은 최고의 방어구 3종 세트를 모두 손에 넣었다. 그럼
이 완벽한 장비들로 무엇을 해야 할까? 답은 이미 정해져 있다. 당
신이 피땀 흘려 구성한 '드림팀' 선수들을 바로 이 전설의 방어구를
입혀 경기를 뛰게 하는 것이다.

즉, 연금 계좌나 ISA 계좌 안에서 당신이 정한 전략 비중대로 ETF

를 매수하면 된다. 최고의 선수들이 최고의 장비를 착용했을 때, 비로소 당신의 팀은 '불멸'의 반열에 오르게 된다.

셋째 걸음. '지방 진화'의 현장에서

미국의 개국공신 벤저민 프랭클린은 말했다.

"이 세상에 죽음과 세금만큼 확실한 것은 없다."

하지만 기억하라. 죽음은 피할 수 없어도 세금은 피할 수 있다.

감독의 요약 노트

1. 이 챕터의 핵심 목표

- 시장 수익률은 신의 영역이지만, 절세는 확정된 인간의 영역이다.
- 국세청이라는 최종 보스에게 털리지 않고, 합법적으로 수익을 지키는 '방어구 3종'을 장착한다.

2. 전설급 방어구 3종 세트

[유니폼 : 연금저축펀드]

- 기능 : 연말정산 세액공제 (연 600만 원 한도).
- 특징 : 납입 한도 초과분은 언제든 인출 가능(비상금고). 55세까지 묵히면 과세이연 효과 극대화.
- 추천 : 누구나 무조건 입어야 하는 기본템.

[특수 보호대 : IRP (개인형 퇴직연금)]

- 기능 : 세액공제 한도 확장 (+300만 원 → 합산 900만 원).
- 특징 : 퇴직금을 넣어두면 퇴직소득세가 30~50% 감면된다. 단, 안전자산 30% 강제 룰이 있다.
- 추천 : 연말정산 환급액을 최대로 뽑아먹고 싶은 감독.

[고성능 신발 : ISA (종합자산관리계좌)]

- 기능 : 비과세 (일반 200만 원 / 서민 400만 원) + 저율 분리과세(9.9%).

- 특징 : 의무 보유 기간 3년. 원금은 언제든 인출 가능.
- 필살기 : 3년 만기 후 연금 계좌로 이체하면 추가 세액공제 한도(10%, 최대 300만 원) 가능.

3. 감독 성향별 공략 루트

[루트 A : 노후 올인형 (싱글 / 4050 / 은퇴 임박)]
- 전략 : 당장 쓸 돈보다 노후가 급하다. 세제 혜택 끝까지 챙긴다.
- 순서 : 연금저축+IRP (900만 원 채움) → 연금저축 추가납입 (1,800만 원 채움) → 남으면 ISA.

[루트 B : 밸런스형 (신혼 / 2030 / 목돈 필요)]
- 전략 : 3~5년 뒤 결혼, 주택 구입 등 목돈 쓸 일이 있다. 돈이 묶이면 안 된다.
- 순서 : 연금저축+IRP (900만 원 세액공제만 챙김) → 나머지 돈은 ISA 올인 (유동성 확보).

감독의 한마디!
"수익률 10%를 내려면 밤새 공부하고 기도해야 하지만, 절세 계좌를 만드는 건 10분이면 끝난다. 세상에서 가장 쉽고 확실한 수익, 그게 바로 절세다."

이 게임의
2가지 원칙

자, 이제 완벽한 드림팀과 방어구까지 꾸렸다. 이론적으로는 우승할 일만 남았다. 그런데 왜 수많은 초보 감독이 시즌 중반에 팀을 해체하고 스스로 사퇴의 길을 택할까?

이 게임에서 승리하기 위한 2가지 대원칙이 있다. 하지만 그 원칙을 이해하기 위해서는 먼저 당신을 패배로 이끄는 2명의 강력한 적들과 당신이 가진 2개의 무기에 대해 알아야 한다.

첫 번째 적 : FOMO 바이러스 (나만 뒤처지는 것 같은 공포)

시즌 초반, 팀의 공격수(주식)가 부진한데 옆 동네 팀의 신입 용병(새로운 테마주)이 미쳐 날뛴다. 그러자 각종 언론과 전문가들이 그 용병을 찬양하기 시작한다. "저 선수를 영입하지 않은 감독은 바보다!", "지금이라도 당장 영입해야 한다!"

이때 마음속에서 'FOMO Fear Of Missing Out 바이러스'가 증식하기 시작한다. '아, 나만 저 선수를 놓쳤나? 지금이라도 우리 팀 공격수를 팔고 저 용병을 사야 하나?' 이 조바심에 못 이겨 결국 검증된 공격수를 헐값에 팔아치우고, 이미 몸값이 꼭대기까지 오른 그 용병을 덜컥 영입하고 만다.

결과는 어떨까? 모두가 예상하듯 그 용병은 거품이 꺼지며 반토막이 나고, 진작 팔아버린 원래 공격수는 다시 득점왕으로 부활한다. 이 어리석은 짓을 300년 전 아이작 뉴턴도 겪었다. 인류 최고의 천재였던 그조차 '남해 회사 거품'에 휩쓸려 큰돈을 날리며 이렇게 한탄했다. "천체의 움직임은 계산할 수 있어도, 인간의 광기는 계산할 수 없다."

두 번째 적 : 거짓 선지자들 (불안감을 먹고사는 전문가)

반대로 시장이 조금만 흔들려도 유튜브와 뉴스에는 '대폭락의 전조', '제2의 IMF 위기'를 외치는 '거짓 선지자'들이 쏟아져 나온다. 그들은 당신의 불안감을 먹고 산다. 그들의 예측은 대부분 틀리지만, 어쩌다 한번 맞으면 평생 그걸 우려먹으며 권위를 세운다.

지수 펀드의 창시자 존 보글은 말했다. "나는 시장의 타이밍을 맞출 수 있는 사람을 만나본 적이 없다. 그런 사람을 안다는 사람조차 만나본 적이 없다." 시장의 단기적인 움직임은 그 누구도 예측할 수 없다. 그들의 소음은 당신의 판단력을 흐리게 할 뿐이다. 귀를 막아라. 당신이 믿어야 할 것은 당신이 선택한 드림팀뿐이다.

첫 번째 무기 : 복리의 마법

첫 번째 무기는 '복리의 마법'을 믿고 '시간'의 힘에 올라타는 것이다.

공식 : 72 법칙

복리의 마법을 이해하는 가장 쉬운 방법은 '72 법칙'이다. 원금이 두 배가 되는 데 걸리는 시간을 계산할 때, '72를 연수익률(%)로 나누면' 된다.

예) 연 7% 수익률인 경우 : 72 ÷ 7 = 약 10년 (원금이 2배가 되는 시간)

10년 뒤 2배, 20년 뒤 4배, 30년 뒤 8배, 40년 뒤 16배…

복리는 시간이 지날수록 그 힘을 기하급수적으로 발휘하며, 이를 체감하기 위해서는 '장기 투자'가 필수다.

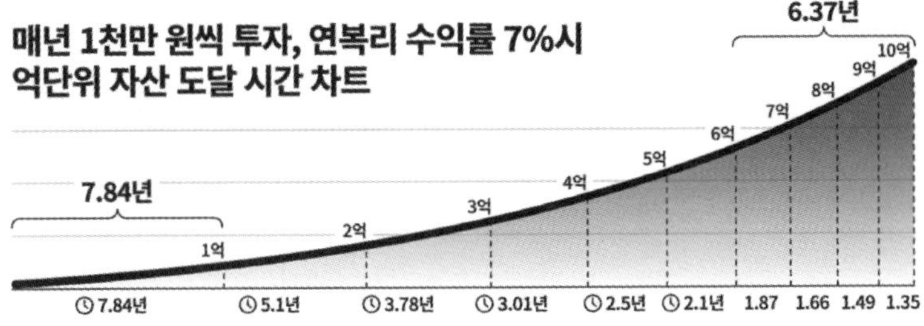

연 7% 수익률로 매년 1,000만 원씩 투자한다고 가정해 보자. 첫 1억 원을 모으는 데는 거의 8년이라는 시간이 걸린다. 대부분

의 사람은 이 지루한 구간을 버티지 못하고 중간에 포기한다.

하지만 그 1억 원을 넘어서는 순간부터 복리의 마법이 본격적으로 발동한다. 다음 1억 원을 모으는 데는 5년, 그다음 1억 원은 4년이 채 걸리지 않는다. 그렇게 자산은 점점 더 빠르게 불어난다. 6억 원에서 10억 원으로 가는 시간은 단 6년 남짓으로, 첫 1억 원을 달성하는 것보다 훨씬 빠르다.

이처럼 첫 1억 원은 단순한 숫자 이상의 의미가 있다. 여기서 벗어나지 못하면 '1억 지옥'에 갇히게 되고, 영원히 노동의 굴레에서 벗어날 수 없다.

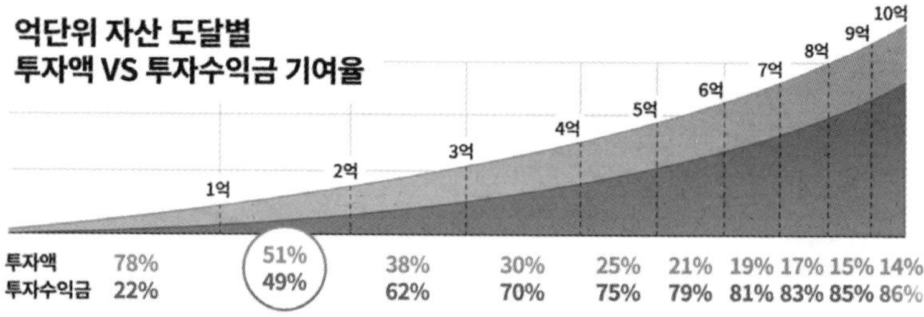

동일한 조건에서 '새로운 1억'이 만들어질 때 '투자 원금'과 '수익금'의 비중을 보면 진실이 드러난다. 첫 1억까지는 자산의 78%가 내가 직접 노동해서 넣은 돈이다. 하지만 2억에 도달할 때부터는 수익금의 비중이 절반 가까이로 늘어나며, 2억 구간을 넘어서는 순간부터 수익금이 원금을 추월한다. 본격적으로 '돈이 돈을 버는' 구조, 즉 자산이 나 대신 일하는 시스템이 완성되는 것이다.

이것은 동시에 자본주의의 서글픈 진실을 보여준다. '가진 자'의 돈은 더 빨리 불어난다. 6억에서 10억으로 가는 속도가 0에서 1억으로 가는 속도보다 훨씬 빠르다는 사실은, 자본의 규모가 수익의 규모를 결정한다는 원리와 같다.

이 논리를 깨달았다면 우리가 해야 할 일은 명확하다. 하루라도 빨리, 단돈 10만 원이라도 먼저 '가진 자'의 대열에 합류하는 것이다. 그리고 복리의 눈덩이가 언덕을 굴러 내려갈 최소한의 시간, 그 '1억 지옥'의 기간을 묵묵히 버텨내는 것이다.

두 번째 무기 : 적립식 투자

드림팀들도 성적이 크게 하락하거나 몇 년 동안 실적이 부진하기도 한다. 그럴 때는 흔들리지 말고 비중대로 '적립식 투자'를 해야 한다.

적립식으로 투자하면 자연스럽게 리밸런싱 효과를 누릴 수 있다. 주기적으로 투자할 때, 가격이 떨어진 자산은 알아서 더 많은 수량을 확보하게 되고 반대로 가격이 오른 자산은 자연스럽게 덜 사게 되기 때문이다.

하지만 이론은 완벽해도 실전은 다르다. 머리로는 '지금이 기회'라는 걸 알지만, 막상 내 팀의 스코어보드가 온통 파란불(손실)로 뒤덮이면 본능적인 공포에 질려 추가 자금을 투입하기가 망설여질 수밖에 없다.

워런 버핏은 주주 서한에서 이렇게 물었다.
"당신이 평생 햄버거를 사 먹을 사람이라고 가정해 봅시다. 당신은 소고기 가격이 오르는 것이 좋습니까, 내리는 것이 좋습니까?"

답은 당연히 '내리는 것'이다. 그래야 햄버거를 더 싸게, 더 많이 먹을 수 있으니까. 투자도 마찬가지다. 당신이 지금 당장 은퇴해서 주식을 팔아야 하는 사람이 아니라면, 앞으로 평생 주식을 사 모아야 할 사람이라면, 주가가 떨어지는 것은 '소고기 바겐세일' 기간이다.

자산 배분 투자는 구조적으로 우상향한다. 적립식 투자자에게 하락장은 공포의 시간이 아니라, 더 많은 지분을 싼값에 확보할 수 있는 신나는 쇼핑 시간이어야 한다.

그렇다면 이 모든 심리적 함정을 이겨내고 승리하기 위한 대원칙은 무엇일까?

제1원칙 : 당신의 팀을 믿고 투자하라.
제2원칙 : 제1원칙을 절대로 잊지 마라.

이 책에서 안내한 모든 것은 결국 이 2가지 원칙을 지키기 위한 장치일 뿐이다. 이제 당신의 드림팀이 그라운드 위에 섰다. 감독인 당신이 해야 할 일은 단 하나다. 시끄러운 관중석의 소음에 귀를 닫고, 눈앞의 스코어보드에 흔들리지 말고, 그저 당신의 선수들을 믿고 긴 시즌의 끝까지 함께 가는 것.

승리는 언제나 가장 오래 경기장에 남아있는 자의 몫이다. 투자의 대가 워런 버핏은 말했다.
"주식시장은 '인내심 없는 사람'의 돈을 '인내심 있는 사람'에게 이동시키는 도구다."

감독의 요약 노트

1. 이 챕터의 핵심 목표

– '심리전'에서 패배하지 않는다.

– '복리'와 '적립'이라는 두 가지 무기를 믿고 끝까지 경기장에
 살아남는다.

2. 감독을 위협하는 2명의 적

[적 1호 : FOMO 바이러스]

– 증상 : "옆 동네 팀 용병(테마주)은 날아다니는데, 우리 팀 공
 격수(주식)는 뭐 하냐!"라며 급등주를 따라 산다.

– 처방 : 뉴턴도 주식으로 망했다. 급등주를 따라가는 건 도박이
 다. 부러워하지 마라.

[적 2호 : 거짓 선지자들]

– 증상 : "곧 경기장이 무너진다(대폭락)"고 떠드는 전문가들의
 말에 겁먹고 선수를 다 팔아버린다.

– 처방 : 시장 타이밍을 맞출 수 있는 사람은 세상에 없다. 그들
 의 소음을 차단하라.

3. 우리가 가진 2가지 무기

[무기 1호 : 복리의 마법]

– 72 법칙 : 내 자산이 2배가 되는 시간 = 72 ÷ 연 수익률. (수익

률 7%면 10년마다 2배)

- 1억 지옥 탈출 : 첫 1억 원을 모으는 구간이 가장 고통스럽다.
하지만 이 '마의 구간'만 버티면, 자산 증식은 가속된다.

[무기 2호 : 적립식 투자]
- 원칙 : 비가 오나 눈이 오나 정해진 비율대로 꾸준히 산다.
- 마인드 : 당신이 평생 햄버거를 사 먹을 사람이라면 소고기 가
격 하락은 축복이다. 하락장은 공포의 대상이 아니라 '바겐세
일' 기간이다.

4. 이 게임의 2가지 절대 원칙
- 제1원칙 : 당신의 팀을 믿고 투자하라.
- 제2원칙 : 제1원칙을 절대로 잊지 마라.

감독의 한마디!
"승리는 가장 화려한 전략이 아니라, 가장 끈기 있는 엉덩이에
서 나온다."

도약!
나의 투자 게임 승전보

1억! 부를 향한 첫 번째 임계점
(2016년 ~ 2019년 5월. 소요 기간 약 3년 이상)

사슬을 끊고 요새를 세우다

말단 공무원이라는 잿빛 성벽 안으로 들어온 내 손에 쥐어진 것은 얇디얇은 월급봉투였다. 그 후 운명처럼 아내를 만나 가정을 꾸렸다.

다행히 지방의 낮은 부동산 가격은 우리 부부에게 '해볼 만한 싸움'이라는 희망을 주었다. 우리는 둘이서 악착같이 모았고, 대출이라는 사슬을 하나씩 끊어내기 시작했다.

하지만 지금의 내가 그때로 돌아간다면, 과거의 내 등짝을 후려

치며 말했을 것이다. '바보야! 저금리 대출은 갚는 게 아니야. 그 돈으로 투자를 해야지!' 하지만 당시 나는 금융 문맹이었다. 레버리지의 마법을 몰랐다. 그저 빚 없는 삶이 최고인 줄 알았던, 순박하고 어리석은 시절이었다.

부부라는 이름의 전략적 파트너십

대출이 줄어들자 우리 부부는 본격적으로 돈을 모아보기로 결심했다. 그 후, 나의 지독한 자금 관리에 아내는 묵묵히, 때로는 위대하게 발을 맞춰주었다. 나는 월급이 들어오자마자 모든 자금을 공용 통장으로 밀어 넣는 '자금 중앙 집권제'를 실시했다.

매월 14일, 우리는 각자 '점심값' 수준의 소박한 용돈을 배정받았다. 아내는 처음엔 이 말도 안 되는 금액에 "이걸로 어떻게 살아!"라며 원성을 높였지만, 인간은 적응의 동물이라 했던가. 몇 개월이 지나자 그녀는 과소비라는 본능을 잠재우고 100원 단위의 지출에도 의미를 부여하는 절약의 고수가 되어 있었다. 나는 그 쥐꼬리만 한 용돈조차 남겨서 친구가 다니는 회사의 주식을 '재미'라는 명목으로 사 모으곤 했다. 그것은 훗날 벌어질 거대한 투자 게임의 예행연습이었다.

남의 시선이라는 감옥에서 탈출하기

누군가는 묻는다. 그렇게 돈을 모으는 게 고통스럽지 않았냐고. 고통스럽지 않았다면 거짓말이다. 내 차는 낡은 소형차인데, 크루즈 모드는커녕 사이드 미러도 손으로 접어야 하는 '깡통차'다. 열선 시트도 없어 겨울에는 덜덜 떨면서 출근하기 일쑤였다. 돈이 조금씩 모일 때마다 자동차 지름신이 강림하곤 했다.

사실 나는 옷도 무척 좋아했다. 정장이나 코트만 열 벌 이상을 사 모으고 고가의 브랜드 청바지를 수집하던 시절이 있었다.

하지만 '1억을 모아 보자'는 목표가 그 모든 유혹을 이겨냈다. 또한 남들과 비교하고 싶지 않아서 SNS도 끊었다. 생각해보니 남들이 어떤 차를 타는지, 어떤 브랜드의 옷을 입는지에 내 소중한 신경세포를 낭비할 이유가 전혀 없었다.

중요한 것은 '남이 바라보는 나'가 아니라, '내가 바라보는 나'였다. 나에게 집중하기 시작하자 물욕은 신기루처럼 사라지기 시작했다. 물욕이 사라진 자리, 그 텅 빈 공간을 채운 건 자산이 불어나는 '속도'와 그 숫자가 주는 '쾌감'이었다.

1억, 그리고 마침내 깨달은 것들

2019년 5월, 드디어 금융 자산의 숫자가 1억 원을 넘어섰다. 화려한 대박 종목은 없었다. 오직 꾸준한 저축과 절약이라는 '지루한 승리'가 만들어낸 숫자였다. 하지만 이 숫자가 내게 준 울림은 거대했다.

첫째, 1억은 '돈이 스스로 일하기 시작하는' 최소한의 엔진이다. 연 3% 예금에만 넣어두어도 1년에 '한 달 치 월급'이 공짜로 생기는 셈이다. 내가 잠을 자는 동안에도 내 돈이 나를 위해 일하고 있다는 사실은 짜릿했다.

둘째, 1억을 모으는 과정에서 얻은 '인내의 근육'은 평생의 자산이 된다. 충동을 억제하고 본질에 집중하는 능력은 투자의 세계뿐만 아니라 삶의 모든 영역에서 나를 강하게 만들었다. 포기하면 그 순간이 바로 시합 종료다.

로켓이 대기권을 뚫고 나갈 때 전체 연료의 90%를 쏟아붓는다고 한다. 자본주의도 마찬가지다. 0원에서 1억으로 가는 길은 가장 강력한 중력이 작용하는 구간이다. 자본주의라는 거대한 시스템은 소시민이 그 궤도를 탈출해 '가진 자'의 영역으로 넘어오는 것을 결코 쉽게 허락하지 않는다. 온갖 소비의 유혹과 비교의 고통으로 우리를 주저앉히려 한다.

　1억 원. 그것은 단순한 잔고가 아니었다. 자본주의의 중력을 뚫고 쏘아 올린 나만의 인공위성이었다.

> **SECRET : 1억 원 달성 공략**
>
> **공략 1. 자금 중앙 집권제**
> 각자 관리? 딴주머니? 그런 건 없다. 모든 수입을 하나의 통장에 몰아넣고, 부부가 용돈을 타서 써라. 시드머니가 뭉쳐야 눈덩이가 굴러간다.
>
> **공략 2. '비교 지옥'에서 로그아웃하라**
> SNS를 끊어라. 남의 오마카세와 호캉스를 부러워할 시간에 내 통장 잔고가 늘어나는 숫자에 중독돼라. 낡은 차와 단벌 신사는 부끄러운 게 아니라, 미래의 부를 위한 가장 힙한 패션이다.

2억! 투자 시스템의 설계와 맷집의 완성
(2019년 5월 ~ 2021년 6월. 소요 기간 약 25개월)

예측 불가능한 종목의 상장

첫 1억이라는 베이스캠프에 깃발을 꽂은 기쁨에 이어 더 큰 경사가 찾아왔다. 2019년 11월, 내 인생에 가장 거대하고도 예측 불가능한 종목이 상장됐기 때문이다. 바로 딸의 탄생이었다. 아이는 내 포트폴리오에 편입된 가장 눈부신 우량주였다. 하지만 그 변동성은 비트코인조차 명함을 못 내밀 정도로 지독했다.

육아라는 전장에는 '타임아웃'이 없었다. 영혼까지 탈탈 털린 채 기저귀를 갈다 보면 하루가 저물었다. 박봉 공무원의 외벌이 월급에 육아휴직 수당, 그리고 국가가 주는 각종 수당으로 버텨

214

야 했던 이 시기는 경제적으로 몹시 팍팍했다. 하지만 역설적이게도 그 팍팍한 현실과 고된 육아는 내 안의 '경제적 자유'에 대한 욕망에 기름을 부었다.

"이 작은 아이를 지키려면, 나는 지금보다 훨씬 더 강력한 시스템을 구축해야만 한다."

지방러의 생존 전략

딸이 잠든 밤, 나는 다시 책을 들었다. 부동산, 주식, 채권, 금, 코인까지 자본주의의 모든 지도를 탐독했다. 하지만 공부하면 할수록 명확해졌다. 지방에 사는 나에게 부동산은 '오답'이었다. 수도권의 갭투자나 재개발은 지방에 사는 나에겐 화성 탐사 이야기만큼이나 멀게 느껴졌다. 매물은 나오지도 않고, 나오더라도 팔리지 않는 지방 부동산 시장은 유동성 측면에서 낙제점이었다.

결정적인 계기는 곁에 있었다. 아내는 임신 중 만삭의 몸으로 "엄마로서 뭔가 해내고 싶다"며 독하게 공부해 공인중개사 자격증을 따냈다. 그런데 우리 집 '1호 공인중개사'인 아내조차 복잡하게 꼬인 부동산 세금 정책 앞에서는 절레절레 손사래를 쳤다. 전문가도 혀를 내두르는 이 복잡한 미로에 내 소중한 자산을 가

두고 싶지 않았다.

무엇보다 나는 사람 상대하는 일이 지독히도 싫었다. 세입자와 밀당을 하고, 수리 문제로 얼굴 붉히고, 공인중개사와 기 싸움을 하는 과정은 내 성정과 맞지 않았다. 숫자와 그래프는 거짓말을 하지 않는다. 감정이 배제된 차가운 세계, 그곳이 나에게는 가장 따뜻한 안식처였다. 나는 '금융 투자'라는 요새를 짓기로 결심했다.

운명의 만남

그러다 운명처럼 '자산 배분 투자'를 만났다. 그전까지의 내 투자가 운에 맡긴 도박이었다면, 이 전략은 나에게 '필승의 전술'을 가르쳐주었다. 주식, 채권, 금 등을 비중대로 담는 전략은 단순했고, 우아했으며, 강력했다.

나는 개별주라는 파도 앞에서 늘 멀미를 하던 나약한 존재였다. 하지만 이 전략은 달랐다.

"시장을 예측하려 하지 말고, 시장 전체를 소유하라."

그 뒤로 존 보글, 제러미 시겔, 버턴 말킬 같은 거장들의 책을 닥치는 대로 읽었다. 수십 년 전부터 정답은 이미 나와 있었다. 시장 전체를 사고, 자산을 섞고, 주기적으로 리밸런싱하며 시간의 힘에 올라타는 것. 나는 즉시 연금저축펀드 계좌를 열고 나만의 드림팀을 구성했다. 비로소 모든 퍼즐이 맞아떨어지는 전율을 느꼈다.

공포의 파도 위에서 서핑하다

2020년 초, 코로나19라는 전대미문의 괴물이 시장을 덮쳤다. 며칠 만에 주식 시장은 녹아내렸고, 서킷브레이커가 밥 먹듯이 발동됐다. 뉴스에서는 "세계 경제 붕괴"를 떠들었고, 사람들은 비명을 지르며 "주식 다 팔고 도망쳐!"라고 외쳤다.

솔직히 고백하겠다. 나도 무서웠다. 계좌가 시퍼렇게 질려가는 걸 보는데 내 안의 생존 본능도 당장 이 지옥에서 도망치라고 아우성쳤다. 머리로는 '저점 매수의 기회'라는 걸 알았지만, 가슴은 쿵쾅거리고 손에는 땀이 났다. 하지만 그 순간, '그래, 속는 셈 치고 딱 한번만 책대로 해보자. 내 나약한 본능을 시스템으로 이겨내 보자' 하는 반골 기질이 꿈틀거렸다.

나는 떨리는 손을 다잡고 기계적으로 비중대로 매수하고 리밸런싱을 감행했다. 공포를 매수하는 그 버튼을 누르는 순간, 나는 눈을 질끈 감았다.

그 뒤로 거짓말 같은 일이 벌어졌다. 주식이 박살 날 때 급등한 국채가 방패막이가 되어 주었고, 혼란을 먹고 자란 금과 달러가 계좌의 허리를 단단히 받쳐주었다. 이후 시장이 반등할 때는 비트코인이라는 유망주가 폭발하며 전체 수익률을 멱살 잡고 끌어올렸다.

예측 불가능한 시장 앞에서 내 본능을 거스르고 원칙을 지켜낸 경험. 그 피 튀기는 실전을 통해 내 투자의 '맷집'은 조금씩 단단하게 길러졌다.

2억, 그리고 복리의 임계점

2021년 5월, 금융 자산이 2억 원을 돌파했다. 첫 1억에 3년 이상이 걸렸다면, 두 번째 1억은 25개월 만에 찾아왔다. 무려 1년 가까이 시간이 단축된 것이다.

단순히 돈이 늘어난 것이 아니었다. 하락장을 온몸으로 받아내며 얻은 '맷집'이 자산보다 더 큰 수확이었다.

2억 원. 그것은 단순한 숫자가 아니었다. 복리의 엔진이 드디어 점화되었다는 신호였다. 엔진은 예열을 마쳤고, 가속도가 붙기 시작했다. 다음 1억 원은 내가 상상하는 것보다 훨씬 더 빠른 속도로 내게 달려올 것이라 확신했다.

SECRET : 2억 원 달성 공략

공략 1. 너만의 전장을 선택해라
남들이 다 한다고 부동산을 기웃거리지 마라. 지방러에게 환금성 없는 시골 아파트는 무덤이다. 사람 스트레스 없는 금융 투자로 전 세계 자본시장을 너의 앞마당으로 만들어라.

공략 2. 몰빵은 도박이다, 자산 배분으로 방어해라
개별 종목 대박의 꿈을 버려라. 자산 배분만이 전쟁 중에도 마음 편히 잠들 수 있는 유일한 길이다. 잃지 않는 것이 버는 것이다.

공략 3. 맷집을 키워라
하락장은 언제든지 올 수 있다. 남들이 도망칠 때, 본능을 거스르고 기계적으로 매수하고 리밸런싱을 감행해라. 공포에 산 자산이 최고의 수익으로 돌아온다.

3억! 폭풍 속에서 증명한 시스템의 승리
(2021년 6월 ~ 2023년 4월. 소요 기간 약 22개월)

100년 만의 폭풍

2억 고지를 밟고 나니 복리의 마법이 장밋빛 미래만을 그려줄 줄 알았다. 하지만 시장은 나에게 '진짜 실력'을 증명하라는 듯 100년 만에 한번 올까 말까 한 거대한 폭풍을 던졌다.

2022년, 인플레이션이라는 괴물을 잡기 위해 전 세계 중앙은행들이 금리를 미친 듯이 올리기 시작했다. 그러자 주식과 채권이 약속이라도 한 듯 손을 잡고 절벽 아래로 뛰어내렸다. 분산 투자의 핵심 전제이자 믿음이었던 '음(-)의 상관관계(주식이 떨어지면 채권이 오른다)'라는 공식이 무참히 깨져버린 순간이었다. 수

많은 자산 배분 투자자들이 혼란에 빠졌고, 시장에는 비명이 난무했다.

하락장을 즐기는 낙천주의

2022년의 하락장은 코로나19에 이어 내 투자 인생에서 맞이한 두 번째 거대한 파도였다. 하지만 이번엔 달랐다. 2년 전, 공포를 견디며 억지로 매수 버튼을 눌러 길러낸 '맷집'이 진가를 발휘할 차례였다.

남들이 공포에 질려 계좌 앱을 삭제하고 시장을 떠날 때, 나는 오히려 입꼬리가 올라갔다. 미친 소리처럼 들리겠지만 진심이었다. 학습 효과는 무서웠다. 자산 배분 투자는 구조적으로 우상향할 수밖에 없다는 확신, 그리고 위기 뒤에는 반드시 기회가 온다는 것을 이미 몸소 체험했기 때문이다.

상승장에서는 자산이 불어나는 '숫자의 맛'을 보았다면, 하락장에서는 헐값에 우량한 지분을 쓸어 담는 '수량의 맛'을 즐겼다. 매달 따박따박 월급이라는 '현금 총알'이 보급되는 급여 생활자에게, 하락장은 공포의 대상이 아니라 신이 허락한 '바겐세일 축제'였다. 나는 콧노래를 부르며 공포를 샀다. 그 공포는 훗날 더 큰 수익이라는 열매로 돌아올 씨앗임을 뼈저리게 알고 있었기 때문이다.

레버리지, 양날의 검을 뽑다

하락장이 깊어지자 나는 본능적으로 깨달았다. 지금이야말로 내 포트폴리오의 사이즈를 퀀텀 점프시킬 기회라고. 나는 숨겨왔던 양날의 검, '레버리지(대출)'를 뽑아 들기로 결심했다.

내게는 공무원만이 누릴 수 있는 강력한 무기, '공무원연금대출'이 있었다. 시중 은행보다 저금리 상품이지만, 문제는 한정된 예산 탓에 대학교 수강 신청보다 더 치열한 '광클 전쟁'을 치러야 한다는 점이었다.

D-Day 아침. 나는 비장한 각오로 PC 앞에 앉았다. 0.1초의 승부였다. 신청 버튼의 위치를 미리 파악하고, 마우스 감도까지 조절하며 수차례 시뮬레이션을 돌렸다. 9시 정각. 심장이 터질 듯한 긴장감 속에서 마우스를 클릭했고, 결과는 '승인'이었다. 나는 상환 기간을 최대로 늘려 월 상환액 부담을 최소화했다.

세간에는 "빚내서 투자하면 패가망신한다"는 말이 진리처럼 떠돈다. 하지만 이는 반은 맞고 반은 틀린 말이다.

감당할 수 없는 고금리 대출로 잡주를 사는 건 파멸의 지름길이다.

하지만 확실한 시스템과 장기 투자 철학, 그리고 감당 가능한 저금리 대출이 만나면? 레버리지는 부의 추월차선에 올라타는 가장 강력한 엔진이 된다.

재테크의 사각지대에 놓인 이들

2023년 복직 후, 나는 부서의 급여와 연말정산 업무를 담당하게 됐다. 동료들의 지갑 사정을 가장 가까이서 들여다보며 내가 마주한 진실은 충격적이었다. 수백억 원의 공적 자금 집행에는 철저한 전문가들이었지만, 정작 개인의 자산 관리 영역에서는 정보가 턱없이 부족한 안타까운 현실을 목격했다.

"나는 환급금 많이 받으려고 일부러 세금을 많이 떼도록 설정했어."
"투자는 결국 도박이야. 무조건 단타로 치고 빠져야 해."

세액공제라는 국가의 선물을 설명해 주고 장기 투자의 중요성을 역설해도, 많은 이가 그저 귓등으로만 흘려들었다. 연금저축과 IRP라는 대한민국 최고의 '전설급 방어구'를 눈앞에 두고도

"나중에 여유 생기면 하겠다"며 차일피일 미루는 동료들을 보며 깊은 답답함을 느꼈다.

"왜 저 좋은 혜택을 발로 차버릴까? 몰라서 못 하는 게 아니라, 알려줘도 안 하는구나."

이때의 답답함과 안타까움은 내가 이 책을 쓰게 된 동기 중 하나가 되었다.

3억, 그리고 확신의 마침표

2023년 4월, 금융 자산 3억 원의 고지에 올라섰다.

폭풍우 속에서도 나를 지켜준 건 화려한 기법이 아니라 '시스템에 대한 믿음'이었다. 이제 3억이라는 숫자는 단순한 잔고가 아니라 내 전략이 옳았음을 증명하는 훈장이 되었다. 다음 1억은 폭풍이 지나간 뒤의 맑은 하늘 아래에서, 훨씬 더 빠른 속도로 내 요새를 찾아올 것임을 믿어 의심치 않았다.

SECRET : 3억 원 달성 공략

공략 1. 레버리지, 고수의 영역에 진입하라
하락장에 쓰는 저금리 대출은 빚이 아니라 가속 페달이다. 확실한 시스템이 있다면 두려워 마라. 남들이 공포에 질려있을 때, 공무원연금대출 같은 특수 아이템을 활용해 자산 규모를 키워라.

공략 2. 시스템을 종교처럼 믿어라
상관관계가 깨지고 모든 자산이 파랗게 질릴 때, 당신을 지켜주는 건 화려한 기술이 아니라 '자산 배분은 결국 우상향한다'는 확고한 믿음이다. 공포에 질려 시스템을 끄는 순간, 복리의 마법도 함께 꺼진다.

공략 3. 금융 문맹들과 반대로 행동하라
투자를 도박으로 여기는 대중의 소음에 귀를 닫아라. 대중이 가는 길의 반대편에 꽃길이 있다.

4억! 복리의 궤도에 안착하다
(2023년 4월 ~ 2024년 3월. 소요 기간 약 11개월)

엇갈린 운명 속의 승리

이 시기의 시장은 그야말로 '극과 극'의 전람회였다. 내 포트폴리오의 병사들은 각자의 전장에서 완전히 다른 성적표를 들고 왔다.

미국은 AI라는 거대한 파도를 타고 빅테크들이 지배하는 '그들만의 잔치'를 벌였다. 일본 주식은 수십 년의 잠에서 깨어나 전고점을 돌파하는 기염을 토했고, 인도는 세계 4위 시장으로 우뚝 섰다. 비트코인과 금이라는 '조커'들도 꾸준히 몸값을 올리며 팀의 승리를 견인했다.

반면 한국 주식은 글로벌 축제 속에서도 횡보하는 지독한 부진을 보였고, 중국은 부동산 위기의 늪에 빠져 허우적거렸다. 만약 내가 한국 시장에만 '몰빵'한 애국 개미였다면, 나는 이 가속도를 결코 맛보지 못했을 것이다. 국가와 자산을 철저히 분산한 '글로벌 전술' 덕분에, 일부 지역의 부진을 상쇄하고 전체 수익률의 우상향을 지켜낼 수 있었다.

맞벌이의 화력

가정 내에서도 중대한 변화가 일어났다. 마침내 딸아이가 유치원 생활을 시작한 것이다. 이는 우리 부부에게 '맞벌이 복귀'라는 강력한 화력 지원을 의미했다.

지난 시간 동안 지독한 절약으로 다져진 '인내의 근육' 위에, 다시 두 사람의 월급이 합쳐지자 투자 시스템에 공급되는 에너지는 이전과 비교할 수 없을 만큼 커졌다. 복리의 마법이 점화된 상태에서 강력한 시드머니가 추가로 투입되자, 자산이라는 자동차는 거침없이 가속 페달을 밟기 시작했다.

경제적 자유가 보이다

2024년 3월, 드디어 4억 원의 고지에 도달했다. 3억에서 4억으로 가는 데 걸린 시간은 단 11개월이었다.

첫 1억을 모을 때 느꼈던 그 막막함과 두려움은 이제 사라졌다. 대신 그 자리에는 '시스템에 대한 확신'과 '수학적 평온함'이 자리 잡았다. 투자금이 커질수록 수익금은 기하급수적으로 늘어났고, 내 한 달 월급보다 더 큰 돈이 계좌에서 불어나는 날들이 일상이 되었다.

1억 원을 달성했을 때, 나는 그것을 '자본주의의 중력을 뚫고 쏘아 올린 인공위성'이라 불렀다. 4억 원에 도달한 지금, 그 위성은 불안한 대기권을 완전히 벗어나 안정적인 궤도에 안착했다.

이제는 중력을 이기기 위해 연료를 태우며 발버둥 치는 단계가 아니다. 한번 붙은 가속도와 관성의 법칙에 몸을 맡기고, 무중력의 자유를 누리며 미끄러지듯 나아가는 '순항'의 시간이다.

SECRET : 4억 원 달성 공략

공략 1. 애국심을 계좌에 섞지 마라

돈에는 국경이 없다. 한국 시장이 박스권에 갇혀 있을 때, 미국과 일본, 인도는 신고가를 갱신했다. '국장(국내 주식)'에만 갇힌 우물 안 개구리가 되지 마라.

공략 2. 맞벌이, 최고의 부스터를 켜라

시스템이 완성된 상태에서 투입되는 추가 시드머니(맞벌이 월급)는 핵연료와 같다. 공격적인 현금 흐름으로 자산 증식의 속도를 높여라.

공략 3. 돈이 돈을 버는 속도를 즐겨라

노동 소득만으로는 절대 자산 소득의 속도를 따라잡을 수 없다. 자산이 불어나는 속도가 내 월급을 추월하는 순간, 당신은 땅을 박차고 하늘로 날아오르게 된다. 이 짜릿한 가속도를 온몸으로 즐겨라.

공략 4. 막연한 '꿈'을 구체적인 '숫자'로 바꿔라

경제적 자유는 뜬구름 잡는 환상이 아니다. 계산기 두드리면 나오는 명확한 '도달 가능 지점'이다. 감정이 아닌 '수학적 평온함'을 유지해라. 숫자가 당신을 자유로 인도할 것이다.

5억! 경제적 자유에 발을 걸치다
(2024년 3월 ~ 2025년 1월. 소요 기간 약 10개월)

엇갈린 운명의 데칼코마니

이 시기 글로벌 시장은 그야말로 '지옥과 천국'의 데칼코마니였다. 미국 주식은 AI라는 강력한 날개를 달고 천장을 뚫어버렸고, 비트코인은 80%가 넘는 경이로운 수익률로 내 계좌에 불을 질렀다. 2024년 10월에는 중국 정부의 강력한 경기 부양책 한 방에 중국 CSI 300 지수가 하루가 다르게 폭등하는 광경을 목격하기도 했다.

반면, 국내 시장의 상황은 처참했다. 특히 2024년 12월의 예기치 못한 정세 불안은 한국 시장에 유례없는 '블랙스완'으로 다가

왔다. 온라인상에서 "국장(국내 주식 시장) 탈출은 지능 순"이라는 자조 섞인 밈이 유행할 때, 나는 평소 구축해둔 글로벌 자산배분 시스템의 위력을 다시 한번 실감했다.

대한민국이 흔들릴 때 원화 가치는 바닥을 쳤지만, 내 포트폴리오는 오히려 웃고 있었다. 달러 자산을 품은 '환노출 ETF'들이 환율 급등을 그대로 수익으로 치환해 주었기 때문이다. 위기는 준비된 자에게만 축제가 된다는 말은 잔인하지만 진실이었다. 개인이 통제할 수 없는 거시적 환경의 급변 속에서도, 시스템 투자는 흔들림 없는 평정심을 제공해 주었다.

돈, 가장 냉정하고도 확실한 내 편

2025년 1월, 마침내 금융 자산 5억 원을 돌파했다. 숫자가 5억이라는 고지를 밟는 순간, 나는 엑셀 창을 끄고 잠시 멍하니 모니터를 바라보았다. 그리고 아주 차가운 계산기를 다시 두드려 보았다.

기대수익률을 적용해 보니, 이제 내 포트폴리오가 뱉어내는 자본 소득이 우리 가족의 '연간 최소 생활비'를 넘어선 상태였다. 드디어 '경제적 자유'가 내 삶에서 수학적으로 증명된 것이다.

물론 5억 원이 재벌급 부자를 뜻하는 숫자는 아니다. 하지만 이 숫자가 내게 주는 감각은 묘했다. 세상이 아무리 나를 손가락질하고, 조직이 나를 부품 취급하며 흔들어도, 내 요새 안에서는 그 누구도 우리 가족의 평화로운 저녁 식탁을 위협할 수 없다는 확신.

이 세상에서 돈이라는 방패만큼 정직하고 냉정하게 나와 우리 가족을 보호할 수 있는 것은 드물다. 돈은 감정에 호소하지 않는다. 오직 숫자로만 말할 뿐이다. 내가 흔들릴 때도, 내가 잠들 때도 이 5억 명의 병사들은 묵묵히 성벽을 지키며 우리 가족의 평화를 배당금으로 입금해 주고 있었다. 비로소 나는 나만의 질서 위에서 숨을 쉬기 시작했다.

SECRET : 5억 원 달성 공략

공략 1. 위기를 기회로 바꾸는 '환노출'의 마법
대한민국이 흔들리면 원화 가치는 떨어지고 달러는 오른다. 달러 자산을 보유한 자에게 국가의 위기는 계좌의 축제가 된다.

공략 2. 국장 탈출은 지능 순? 글로벌 분산은 생존 본능
한 국가의 운명에 내 전 재산을 걸지 마라. 한국이 박스권에 갇히고 중국이 휘청거릴 때, 미국과 비트코인은 신고가를 뚫었다. 전 세계로 자산을 흩뿌려 놓은 자만이 어떤 블랙스완이 와도 웃을 수 있다.

공략 3. 경제적 자유는 '감정'이 아니라 '공식'이다
부자가 되는 것은 막연한 느낌이 아니다. '자본 소득 〉 최소 생계비'라는 부등식이 성립하는 순간, 당신은 수학적으로 자유를 얻는다.

공략 4. 돈은 가장 차가운 방패다
속물이라 욕하지 마라. 세상이 나를 흔들고 조직이 나를 부품 취급할 때, 내 가족의 저녁 식탁을 지켜주는 건 따뜻한 위로가 아니라 내 계좌의 병사(돈)들이다. 돈은 배신하지 않는 가장 정직하고 든든한 아군이다.

6억! 소비자에서 생산자로 전직
(2025년 1월 ~ 2025년 8월. 소요 기간 약 7개월)

국장 복귀는 지능 순

2025년 상반기 글로벌 시장은 오만한 예측가들을 비웃었다. 영원히 우상향할 것만 같던 미국 주식은 트럼프 행정부의 강력한 관세 정책이라는 폭탄을 맞고 4월 초, 코로나19 이후 최악의 매도세를 기록하며 고꾸라졌다. 서학개미들이 환율 급락과 주가 하락이라는 이중고에 비명을 지를 때, 반전은 엉뚱한 곳에서 터졌다.

코스피가 급등하기 시작한 것이다. "국장(국내 주식 시장) 탈출은 지능 순"이라던 밈을 비웃듯, 시장은 "국장 복귀는 지능 순"이라는 새로운 밈을 만들어냈다. 미국이 깎아먹은 자리를 한국이

234

메우고, 금과 채권이 묵직하게 뒤를 받쳐주는 완벽한 밸런스. 미
국이 기침을 하고 한국이 춤을 춰도 내 마음은 고요했다. 나는 '부
동심不動心'이라는 투자자의 최종 무기를 손에 넣었다.

매슬로우의 꼭대기

여섯 번째 1억을 달성한 후, 내 투자 여정은 완전히 새로운 국면
에 접어들었다. 매슬로우의 욕구 피라미드 꼭대기, 그곳에는 '돈'
이 아니라 '자아실현'이 있었다. 나는 이제 단순한 소비자가 아닌,
가치를 만드는 생산자가 되고 싶었다. 내 경험이 누군가에게 이
정표가 되기를 바라는 '선한 영향력'에 대한 갈증이 나를 사로잡
았다.

퇴근 후 밤마다 투자에 관한 글을 썼다. 머릿속 지식을 문장으
로 치환하는 과정은 헬스장에서 내 몸무게보다 무거운 중량을 들
어 올리는 것보다 고통스러웠다. 그러다 문득 '브런치스토리'라
는 플랫폼을 발견했다. 이곳은 아무나 가입해서 글을 쓸 수 있는
곳이 아니었다. 직접 쓴 원고를 제출하고 까다로운 심사를 통과
해야만 '작가'라는 타이틀을 부여하는, 제법 콧대 높은 시스템이
었다. 오히려 그 점이 마음에 들었다. 시장에서 내 글이 어느 정도
의 가치를 지니는지 냉정하게 평가받기엔 최적의 무대였으니까.

미완성 원고를 던지듯 제출했고, 결과는 단 한 번에 합격이었다. 내친김에 '밀리의 서재'에서 운영하는 창작 플랫폼인 '밀리로드'에도 원고를 올리며 동시 연재를 시작했다. 굳게 닫혀 있던 문을 내 힘으로 열고 대중의 실시간 반응을 체감하기 시작하자, 나는 더 욕심이 났다. 마침내 종이책이라는 거대한 바다로 항로를 튼 것이다.

투고와 계약

연재를 마무리하고 출판계의 문을 두드렸다. 여러 출판사와 미팅을 가졌다. 한 출판사에서는 나의 이력을 보고 지방의 삶과 투자를 함께 엮어보자는 제안을 하셨다. 순간 마음이 움직였다. 만약 평범한 투자 책을 출판한다면, 그 책에 '박운서'라는 사람의 이야기는 없고 단순한 정보지일 뿐이다.

지방 소멸의 시대에 어떻게 지방에서 자산을 쌓고, 가족과 함께 행복을 누리는지를 보여주는 서사. 그것이야말로 이 시대에 진짜 필요한 책이라는 확신이 들었다.

그리고 또 하나의 엉뚱하지만 진지한 사명감이 솟구쳤다. 지방직 공무원인 내가, 지방은 소멸하는 폐허가 아니라 기회와 희망의 땅임을 온몸으로 증명하고 알리는 것. 어쩌면 이것이야말로 공직 사회가 그토록 외치는 진정한 의미의 '적극 행정'이 아닐까?

결국 그 출판사와 계약했다. 계약서에 도장을 찍고 나온 오후, 나는 길가에 서서 아내에게 전화를 걸었다. 수화기 너머로 들리는 아내의 환호성에 나는 혼자 실없이 웃었다. 그날따라 하늘이 참 파랬다.

복리의 엔진

여섯 번째 1억에 도달하기까지 걸린 시간은 단 7개월이었다.

600원 때문에 30분간 고개를 숙여야 했던 그날의 설움은, 어느새 100만 배가 불어난 6억 원이라는 자산이 되어 나에게 가장 완벽한 자유를 선물했다.

복리의 엔진은 이제 소리조차 들리지 않을 만큼 부드럽고 강력하게 돌아가고 있다. 6억이라는 숫자는 이제 나에게 단순한 '돈'이 아니다. 그것은 내가 세상에 던질 메시지의 '무게'가 되었다.

SECRET : 6억 원 달성 공략

공략 1. 부동심(不動心), 투자의 최종 무기를 장착하라

영원한 1등도, 영원한 꼴찌도 없다. 예측이 빗나갈 때 당신을 지켜주는 건 화려한 분석이 아니라, 전 세계에 자산을 뿌려둔 '완벽한 균형'이다. 시장이 요동칠 때 평온한 마음을 유지하는 자가 진정한 승리자다.

공략 2. 소비자의 껍질을 깨고 '생산자'로 진화하라

돈을 쓰는 즐거움은 짧고, 만드는 즐거움은 영원하다. 자본주의의 객석에 앉아 관람만 하지 말고, 무대 위로 올라와라. 글을 쓰고, 콘텐츠를 만들고, 가치를 창조해라. 경제적 자유는 소비하기 위함이 아니라, 생산하기 위해 존재하는 것이다.

공략 3. 복리의 가속도는 소리 없이 폭발한다

눈덩이가 커질수록 구르는 속도는 빨라진다. 지루한 초반 구간을 버텨낸 자만이 이 경이로운 가속도를 맛볼 자격이 있다. 의심하지 마라. 시스템은 당신이 잠든 사이에도 쉬지 않고 일한다.

공략 4. 자산은 당신의 목소리에 '무게'를 싣는다

통장에 찍힌 숫자가 단단해질수록, 세상은 당신의 이야기에 귀를 기울인다. 이제 성벽을 넘어, 당신만의 이야기를 세상에 외쳐라. 중요한 건 돈 그 자체가 아니다. 돈을 태워서라도 전하고 싶은 당신의 '메시지'다.

꿈을 인출하고,
성취를 설계하다

2025년 하반기, 나는 내 인생 가장 거대한 프로젝트를 실행에 옮겼다. 딸아이가 초등학교에 입학하기 전, 우리 가족에게 '지구'라는 거대한 교실을 보여주기 위한 '80일간의 세계 일주'였다.

누군가는 '세금 받는 공무원이 휴직하고 세계 일주라니 팔자가 좋다'며 눈총을 보낼지도 모르겠다. 하지만 팩트부터 짚고 넘어가자. 이 여행 기간 동안 나에게 지급된 육아휴직 수당은 정확히 '0원'이었다. 이미 유급 휴직 기간은 끝난 지 오래였고, 나는 단 한 푼의 나랏돈도 받지 않는 '무급 휴직' 상태였다.

이 여행에 투입된 4,000만 원은 온전히 내가 치열하게 벌어온

‘투자 게임’의 전리품이었다. 예전의 나였다면 상상도 못 할, 아니 상상만 해도 손이 떨릴 거금이었다. 하지만 여행을 다녀오고 나서 확실히 느낀다. 통장에서 4,000만 원은 빠져나갔다. 하지만 내 인생의 대차대조표에는 돈으로 환산 불가능한 가치를 지닌 ‘경험 자산’이 새로 기입되었다.

한때 유행처럼 번졌던 ‘버킷리스트’를 나도 써본 적이 있다. 당시엔 반신반의하며 적었던 ‘세계 일주’, ‘내 이름으로 된 책 출판’이라는 꿈들이, 거짓말처럼 내 현실이 되었다. 그런데 꿈들을 하나씩 현실로 지워나가다 보니 기묘한 심리적 변화가 찾아왔다. 돈으로 살 수 있는 것들을 구매하는 데서 오는 쾌감이 급격히 식어버린 것이다. 결제 버튼 하나로 얻을 수 있는 성취는 유통기한이 짧았다.

대신 나는 이제 다른 곳에 매료되기 시작했다. 바로 ‘시간’과 ‘지독한 노력’이 없으면 결코 얻을 수 없는 영역들이다. 나는 요즘 쇼팽의 왈츠 한 곡을 완주하기 위해 피아노 앞에서 고독한 사투를 벌이고, 체지방을 깎아내기 위해 헬스장에서 정직한 땀을 흘린다. 이것은 100억 원이 있어도 누가 대신해 줄 수 없는 영역이다. 오직 나의 시간과 노력을 갈아 넣어야만 얻을 수 있는 ‘진짜 성취’다.

또한 새로운 목표들을 구상하고 있다. 내가 깨달은 시스템의 가치를 더 많은 동료와 나누고 싶다. 특히 자산 형성 기회에서 소외된 지방 청년들에게 실질적인 도움을 주고 싶다.

아울러 30개월간의 가정 보육과 세계 여행의 기록을 엮어 한·중·일 3개국에 육아 에세이를 연재 중이다. 한국의 브런치스토리, 중국의 도우반豆瓣, 일본의 노트Note까지.

작은 지방의 소파에 앉아 나는 매일 전 세계 독자들과 실시간으로 소통한다. 지방 소멸의 중심지에서도 세계와 연결된 '로컬 디지털 노마드'로 살 수 있음을, 나는 온몸으로 증명해 내고 있다.

여행을 다녀온 뒤 내 자산은 어떻게 되었을까? 엔진이 멈췄을까?

누군가는 4,000만 원이라는 거대한 지출이 복리 엔진에 모래를 뿌리는 행위라고 걱정할지도 모른다. 나 역시 비행기 티켓을 결제할 때마다 내 생살이 뜯겨나가는 듯한 쓰라림을 느꼈다.

하지만 결과는 기막힌 반전이었다. 우리 가족이 루브르 박물관에서 모나리자의 미소를 감상하고 그랜드 캐니언의 일몰을 바라보는 동안, 내 포트폴리오의 병사들은 24시간 교대 근무를 서며 전장을 지키고 있었다. 2025년 하반기, 코스피는 파죽지세로 치솟았고 금값은 1g당 20만 원이라는 비현실적인 숫자를 뚫어버렸다.

자산의 상승과 나의 지출이 부딪힌 결과는 놀라웠다. 80일간의 모든 여비를 정산하고 난 뒤의 내 금융 자산은 여행 전보다 오히려 더 늘어나 있었다.

이것은 마법이 아니다. '잘 설계된 시스템'의 승리다. 나는 이번 여행을 통해 자산 형성의 최종 단계인 '전략적 인출'을 테스트했다.

시스템이 궤도에 오르면 감독이 잠시 자리를 비워도 팀은 스스로 승리한다는 사실을 내 계좌로 증명해낸 것이다. 4,000만 원이라는 돈은 소비된 것이 아니라 우리 가족의 뇌리에 '경험'이라는 무형 자산으로 치환되었고, 내 계좌는 그 공백을 다시 '수익'으로 메꿨다.

이것이야말로 패잔병이었던 내게 자본주의가 바치는 최고의 승전보였다.

이 책의 시작점에서 저는 고향으로 돌아온 패잔병이었습니다. 수도권이라는 거대한 전장에서 밀려나 지방으로 내려온 제 앞에는 아무것도 담기지 않은 텅 빈 잔 하나만이 놓여 있었습니다. 그 공허함은 실패의 증명서이자, 아무것도 채워지지 않을 것 같은 절망의 상징이었습니다. 하지만 저는 그 잔을 깨뜨리는 대신, 저만의 방식으로 무엇이든 채워보기로 결심했습니다.

저는 그 잔에 시간을 부었고, 가족들로 사랑을 채웠고, 글로벌 자산들로 돈을 채웠고, 세계 일주라는 불가능해 보였던 꿈을 채워 넣었습니다. 그렇게 저의 잔은 세상 그 어떤 화려한 잔보다 단단하고 풍요로운 것들로 채워졌습니다.

그런데 신기한 일이 벌어졌습니다. 잔이 가득 차자 그 안의 것들이 넘치기 시작했습니다. 저의 이야기가, 저의 삶의 방식이 주변으로 흘러가기 시작한 것입니다.

"박 주사, 자네는 어떻게 그렇게 재밌게 사나?"
"주말에 애랑 뭐 하세요? 저희도 좀 같이 갑시다."

저의 소소한 파격들이 누군가에게는 새로운 '선택지'가 되고 있었습니다. 저는 그들을 보며 깨달았습니다. 저의 여정은 결국 저 혼자 잘 살기 위함이 아니었습니다. '나처럼 살아도 괜찮다'는, '여기 다른 길이 있다'는 아주 작은 이정표 하나를 세우고 싶었을 뿐입니다.

문득 이 책의 첫걸음에서 소환했던 200년 전의 인물, 다산 정약용이 떠오릅니다. 만약 그가 유배를 당하지 않고 평생을 한양의 권력 중심부에서 살았다면 어땠을까요? 뛰어난 재능으로 아마 영의정의 자리에까지 올랐을지도 모릅니다. 하지만 그랬다면 과연 그가 『목민심서』와 『경세유표』 같은 불멸의 저서들을 남길 수 있었을까요? 우리는 모두 '정약용'이라는 이름은 기억하지만, 정작 그가 섬겼던 정조 시대의 영의정이 누구였는지는 기억하는 이가 거의 없습니다.

생각해 보니 정약용도 어쩌면 조선 시대의 '반골'이었을지도 모르겠습니다. 기존 질서에 도전하고 새로운 방식으로 살아가려 했던 사람 말입니다. 다만 그때는 인터넷이 없어서 강진에서 혼자 글만 썼을 뿐이지요. 요즘 인물이었다면 유튜브에 거중기 제작 과정이나 유배지에서의 '갓생' 살기 같은 콘텐츠를 올려서 100만 유튜버가 되고도 남았을 것입니다.

인생이란 참 요지경입니다. 그는 '유배'라는 인생 최악의 실패를 겪었기에, 역설적으로 역사상 가장 위대한 인물 중 한 명으로 남았습니다. 그에게 '지방'은 형벌이었지만, 동시에 모든 소음에서 벗어나 오롯이 자신과 세상을 성찰할 수 있었던 '선물'이었던 것입니다.

제게 '패배'처럼 보였던 지방직 공무원이라는 길 역시 돌아보면 그런 선물이었습니다. 처음에는 세상의 전부를 잃은 기분이었지만, 그 길은 제게 가장 값진 것들을 안겨주었습니다. 3년이라는 유례없는 육아휴직을 보장해 주고, 중국이라는 대륙으로 저를 파견 보내 시야를 넓혀주었으며, 매달 꽂히는 작지만 소중한 월급은 저의 투자 엔진을 돌리는 든든한 연료가 되었습니다.

만약 제가 정글 같은 민간 기업에 있었다면 지금의 제가 될 수 있었을까요? 조직의 배려와 시스템이 없었다면 '박 감독'의 전술은 그저 종이 위의 낙서로 끝났을 것입니다. 이 자리를 빌려 조직과 동료들에게 감사의 인사를 전합니다.

요즘 뉴스를 보면 'MZ 공무원 줄퇴사' 기사가 심심찮게 나옵니다. 하지만 저는 그들에게 홧김에 나가기 전 이곳이 주는 '방어막'이 꽤 튼튼하다는 걸 알려주고 싶습니다. 자산과 내공을 충분히 쌓은 뒤에 선택해도 늦지 않다고 말입니다. 그들에게 안정된 직장이 주는 월급의 소중함을 깨닫게 해주고, 경제적 불안감 없이 공무에 전념할 수 있도록 돕는 것. 이것이야말로 제가 조직에 기여할 수 있는 또 다른 방식의 '적극 행정'이 아닐까요.

이 모든 이야기는 저 혼자 쓴 것이 아닙니다. 저의 지독한 자금 중앙 집권제에 기꺼이 동참해 주고, 힘들었던 시간을 함께 의지하며, 낯선 세계 오지에서 저보다 더 용감하게 길을 개척해 준 사랑하는 아내. 그녀가 있었기에 가능했습니다. 그녀는 차가운 숫자로 가득했던 저의 전술에 '삶의 온기'를 불어넣어 준 최고의 파트너이자, 무모한 도전을 견고한 서사로 바꾸어준 인생의 설계자입니다. 저의 무모한 도전들이 객기로 끝나지 않고 서사가 될 수 있었던 건, 그 모든 순간 아내가 제 손을 잡고 함께했기 때문입니다. 이 책은 제 이름으로 기록되었지만, 그 가치는 우리 부부의 공동의 결실입니다.

요즘 사람들은 결혼을 '자유의 무덤'이라 부르며 기피하지만, 저의 관점에서 결혼은 인생이라는 게임에서 만날 수 있는 가장 강력한 '치트키'이자 '전략적 파트너십'입니다. 혼자였다면 소소한 월급에 좌절하며 시간을 죽였을지 모르지만, 둘이 되니 월급은 두 배가 되었고 고정 지출은 절반으로 줄었으며, 투자 엔진의 마력은 네 배로 커졌고, 삶의 밀도는 무한대가 되었습니다. 혼자라면 두려웠을 거친 파도 앞에서도, 서로의 손을 잡고 있었기에 우리는 항해를 멈추지 않고 즐길 수 있었습니다. 결혼은 저를 가두는 족쇄가 아니라, 저를 더 넓은 바다로 밀어 올린 가장 든든한 부력이었습니다.

그리고 제 인생 포트폴리오에서 가장 높은 '행복 배당금'을 주는 초우량주, 딸이 제국을 완성해 주었습니다. 세상은 육아를 '경제적 손실'의 관점으로 계산하곤 하지만, 저는 딸아이를 통해 자산의 우상향보다 소중한 '삶의 질적 팽창'을 경험했습니다. 아이는 제 제국을 물려받을 후계자이기 이전에, 제가 왜 이토록 치열하게 자유를 갈망해야 하는지를 일깨워 준 가장 명확한 이유였습니다.

오늘날 대한민국은 세계에서 가장 낮은 출산율을 기록하며 소멸을 걱정하는 나라가 되었습니다. 수많은 정책과 예산이 쏟아지지만, 저는 그 숫자의 이면에 '인생은 고단한 것'이며 '아이를 낳는 것은 곧 희생'이라는 집단적인 우울과 공포가 깔려 있다고 봅니다.

그래서 저는 더더욱 제가 먼저 제 삶을 뜨겁게 사랑하고 즐겁게 살아가는 모습을 보여주기로 했습니다. 부모가 매일 새로운 도전에 설레고, 낯선 세계를 탐험하며, 자신의 꿈을 현실로 일궈내는 뒷모습을 보며 자란 아이는 본능적으로 깨달을 것입니다. '아, 인생이라는 건 참 살아볼 만한 가치가 있는 재미있는 여정이구나.'

스스로 인생을 만끽하는 모습이야말로 딸에게 줄 수 있는 가장 위대한 유산이라고 생각합니다. 그래야 훗날 제 딸이 어른이 되었을 때, '나도 우리 아빠처럼 즐겁게 살아야지. 그리고 언젠가 나도 아이를 낳아서 이 즐거운 삶의 기쁨을 전해줘야지'하는 마음을 자연스럽게 품지 않겠습니까.

언젠가 제 딸이 아빠 이름을 포털 사이트에 검색했을 때, '작가 박운서'라는 프로필이 뜨는 장면을 상상합니다. 제 이름 석 자와 제가 쓴 책들이 나란히 걸려 있는 그 화면 말입니다. '직장인 아빠'도 충분히 훌륭하지만, '포털 사이트에 나오는 작가 아빠'가 조금 더 근사하지 않겠습니까.

글을 쓰기 시작한 이후로, 제 삶에는 생각지 못한 일들이 일어나고 있습니다. 창작 플랫폼 '밀리로드'에 연재했던 제 글이 월간 1위를 차지하는 기적 같은 일이 벌어졌기 때문입니다. 아침마다 메일함을 여는 일은 제게 새롭고 벅찬 일과가 되었습니다. 출판과 강의, 각종 협업 제안, 그리고 응원이 담긴 메일들을 보며, 설레는 매일을 보내고 있습니다.

제 부족한 글이 이토록 과분한 사랑을 받을 수 있었던 이유는 하나라고 생각합니다. 타고난 천재나 완벽한 전문가가 내놓은 매끄러운 '정답'이 아니라, 평범한 지방직 공무원도 묵묵히 버티고 부딪히면 해낼 수 있다는 것을 증명해 낸 '투박하지만 현실적인 생존기'였기 때문입니다.

이 벅찬 경험은 제게 분명한 확신을 주었습니다.

AI가 소설도 쓰고 그림도 그리는 시대가 왔습니다. 앞으로의 세상에서 '정답'의 가치는 폭락할 것입니다. 정답을 찾는 건 이제 AI가 우리보다 100배는 빠릅니다. 대신 '오답'의 가치, 즉 나만의 시행착오와 독특한 경험들의 가치는 폭등할 것입니다. 세상 모든 데이터가 연결된 초연결 사회에서, 역설적으로 가장 희소한 자산은 '연결되지 않은 나만의 고유한 서사'입니다. 남들이 보기엔 비효율적이고 투박해 보일지 모르는 여러분의 하루하루가, 사실은 그 무엇과도 바꿀 수 없는 '비상장 우량주'인 셈입니다.

그러니 여러분의 삶이 알고리즘이 추천하는 경로를 벗어났다고 해서 두려워하지 마십시오. 그 이탈의 흔적들이 모여 여러분이라는 고유한 잔은 채워집니다.

이 글을 읽는 여러분의 잔은 지금 무엇으로 채워져 있습니까? 혹은, 무엇을 새로 채우고 싶으신가요? 서울이든 지방이든, 사기업이든 공무원이든, 중요한 건 여러분만의 잔을 찾고, 그 잔을 여러분만의 방식으로 채워나가는 것이겠지요.

비어 있다고 절망하지 마십시오.
비어 있기에, 모든 것을 담을 수 있습니다.

가장 당신다운 것들로, 당신의 잔이 넘쳐흐르기를.

특별 레슨

구단 살림 불리기

이제 중요한 레슨은 모두 끝났다. 지금부터는 특별 시간이다. 보충 수업이라고나 할까.

위대한 감독은 경기장 안에서만 일하지 않는다. 훈련이 끝난 뒤, 그는 구단 사무실에 앉아 낡은 계산기를 두드린다. 유니폼 판매 수익을 점검하고, 훈련장 잔디 관리 비용을 절감할 방법을 찾고, 지역 업체로부터 작은 광고판 후원이라도 따내려 애쓴다.

왜 경기장 밖의 이런 숫자놀음에 집착하는 걸까? 그렇게 아낀 '단돈 10만 원'이 모이고 모여 다음 시즌 팀의 운명을 바꿀 '특급 유망주'를 영입할 소중한 자금(시드머니)이 된다는 것을 알기 때문이다. 복리의 마법을 만나면 그 돈은 30년 뒤 거대한 자산이 되어 구단의 미래를 책임질 든든한 버팀목이 된다.

투자는 경기장에서의 화려한 전술 싸움이지만, 그 승리의 기반은 경기장 밖에서의 디테일한 운영에서 비롯된다. 자, 이제 당신의 자금을 불려줄 몇 가지 운영 비법을 공개한다.

1. [공격 전술] 틈새 자금 채굴하기

경기에만 의존하지 않고 경기장 밖에서 구단의 운영 자금을 버는 기술이다.

카드 발급 이벤트

* 카드사들의 신규 고객 유치 이벤트는 놓쳐서는 안 될 현금 창출원이다. "10만 원 사용 시 10만 원 캐시백" 같은 이벤트를 체계적으로 활용해 보자. 혜택을 받은 후 해지하고, 1년 뒤 다시 참여할 수 있다는 사실을 달력에 기록해 두고 주기적으로 반복하면 된다.

증권사 계좌 개설 이벤트

* 주식 투자 붐과 함께 증권사들의 신규 고객 유치 경쟁도 절호의 기회다. 계좌 개설이나 타사 주식 입고만 해도 현금을 주는 이벤트를 적극적으로 활용하자.

자동차 탄소중립포인트제

* 주행거리를 줄이면 연 최대 10만 원을 돌려주는 정부 제도다. 매년 2~3월에 신청만 해두면 된다. 주행거리가 기준보다 늘어나도 아무런 불이익이 없으니 차가 있는 감독이라면 밑져야 본전, 무조건 신청해두자.

고향사랑기부제

* 내가 응원하는 지자체에 10만 원을 기부하면 연말정산에서 10만 원 전액을 세액공제로 돌려받는다. 여기에 지자체는 고맙다며 기부금의 30%인 3만 원 상당의 답례품을 보너스로 준다. 실질 투자금 0원, 무위험 수익 3만 원. 워런 버핏도 울고 갈 마법의 투자다.

　(주의 : 결정세액이 10만 원 미만인 감독은 돌려받을 세금이 적을 수 있으니 유의하자.)

평생교육이용권

* 2025년부터 지원 대상이 일반인까지 대폭 확대되었는데, 선정이 되면 수십만 원의 교육 바우처가 그냥 공짜로 생긴다. 감독의 역량을 높여줄 기회니 절대 놓치지 마라.

2. [수비 전술] 새는 돈 틀어막기

아무리 많이 벌어도 구멍 난 주머니로는 돈을 모을 수 없다. 불필요한 고정 지출을 막는 것은 가장 확실한 투자다.

알뜰폰 활용

* 월 100원짜리 알뜰폰 요금제는 통신비라는 고정 지출을 거의 ‘0’으로 만들어주는 마법이다. 프로모션이 끝나기 전 다른 통신사의 저가 요금제로 갈아타는 ‘메뚜기 신공’을 활용하자. 한번은 직장 동료가 통신비로 10만 원을 낸다는 말에 “그거 내 80년 치 통신비다”라고 말해준 적이 있다.

지역사랑상품권 활용

* 5~10%의 상시 할인을 보장하는 최고의 소비 치트키다. 동네 마트나 주유소는 물론, 다른 지역으로 여행을 갈 때도 미리 해당 지역의 상품권을 앱으로 발급받아 사용하면 즉시 할인 혜택을 누릴 수 있다.

전자도서관 활용

* 지방에 살면 인프라가 부족해 공부하기 힘들다는 건 게으른 자들의 핑계일 뿐이다. 스마트폰 속 ‘전자도서관’은 물리적 제약이 없는 무한한 지혜의 보고다. 거주 지역 전자도서관에 접속해 보라. 최신 투자서도 터치 한 번으로 무료로 빌려볼 수 있다.

자동차 다이렉트 보험 챙기기

* 귀찮다는 이유로 기존 보험을 무지성으로 갱신하는 건 길바닥에 5만 원권 지폐를 버리는 것과 같다. 갱신 30일 전부터 페이 앱을 경유해 각 보험사의 다이렉트 보험 견적만 조회해도 한 곳당 5,000원에서 1만 원 상당의 포인트를 준다. 여기에 보험료를 환급받는 ‘마일리지 특약’은 필수다.

인터넷 일시 정지

* 장기간 집을 비우거나 여행을 떠날 때 인터넷 정지 신청이 가능
하다. 1년에 최대 3개월까지 가능하며, 이 기간 동안 요금을 아
낄 수 있다. (통신사 규정 확인 필수)

----

3. [운영 전술] 게임의 룰을 내게 유리하게 바꾸기

같은 시스템 안에서도 룰을 아는 자와 모르는 자의 결과는 하늘과
땅 차이다.

가계부와 금융 자산의 기록

* 모든 지출을 기록하는 것은 내 욕망을 객관화하는 작업이다. 매
달 불어나는 금융 자산을 기록하는 행위는 마치 RPG 게임에서
경험치를 쌓는 것과 같은 쾌감을 준다.

급여 원천징수율 80%로 변경

* 근로자는 소득세 원천징수율을 80%, 100%, 120% 중에서 선택
할 수 있다. 무조건 80%를 선택하자. 세금을 최대한 나중에 내
고, 당장 손에 쥔 현금을 하루라도 빨리 투자에 투입하는 것이
이득이기 때문이다. '받을 돈은 최대한 빨리 받고, 낼 돈은 최대
한 늦게 내는 것.' 이것이 인플레이션 시대의 기본 생존법이다.

제세공과금 환급

* 경품 이벤트 등으로 받은 제세공과금(기타소득세 22%)은 5월 종합소득세 신고 시 대부분 환급받을 수 있다. 홈택스 내역을 확인하고 잠자고 있는 세금을 당장 환급 신청하자.

증여를 통한 절세 및 교육

* 자녀에게 10년간 2,000만 원(미성년자 기준)까지는 증여세 없이 합법적으로 자산을 넘겨줄 수 있다. 이를 단순히 세금 아끼는 법으로 보지 마라. 2,000만 원을 50년간 복리로 굴리면 약 6억 원이 된다. 지금 증여하고 신고를 마쳐두면 훗날의 6억 원은 세금 한 푼 없는 자녀의 온전한 자산이 된다.

* 더 위대한 유산은 '자본가'의 시각을 물려주는 것이다. 아이와 함께 증여 계좌를 열고 금융 이야기를 들려주자. 증여 계좌는 아이가 자본주의라는 거대한 바다에서 스스로 항해하는 법을 배우는 최고의 실전 교과서가 된다.

이 모든 기술이 당장 당신을 부자로 만들어주지는 않는다. 하지만 이 작은 습관들이 모여 당신의 현금 흐름을 바꾸고, 투자의 눈덩이를 굴릴 더 단단한 '한 줌'을 만들어 줄 것이다.

위대한 승리는 언제나 그라운드 밖의 사소한 디테일에서 시작된다.

감독의 요약 노트

1. 이 챕터의 핵심 목표

– 경기장 밖에서 줄줄 새는 돈을 막고, 숨어있는 공돈을 모두 찾아낸다.

– 티끌 같은 돈을 모아 위대한 자산의 씨앗(시드머니)으로 삼는다.

2. 구단 재정 확보 3단계 전략

[1단계 : 공격형]

– 카드 발급 이벤트 : 혜택 받고 해지하고, 1년 뒤 다시 가입하라. 무한 반복 가능한 현금 채굴기다.

– 자동차 탄소중립포인트 : 운전만 덜 해도 연 10만 원을 준다. (매년 2~3월 신청)

– 고향사랑기부제 : 10만 원 기부하면 '10만 원 세액공제 + 3만 원 답례품'을 받는다. 안 하면 손해.

– 평생교육이용권 : 당첨되면 35만 원 교육 바우처가 공짜. 남들이 모를 때 챙겨라.

[2단계 : 수비형]

– 알뜰폰 : 통신비 10만 원은 낭비다. 프로모션을 타면 월 100원으로도 가능하다.

– 지역사랑상품권 : 상시 10% 할인은 반드시 챙기자.

– 다이렉트 자동차 보험 : 갱신 전 조회만 해도 포인트가 쌓인

다. 마일리지 환급 특약은 필수다.

- 전자도서관 : 책값 아껴서 투자해라. 스마트폰 하나면 도서관
  을 통째로 빌릴 수 있다.
- 인터넷 일시 정지 : 장기간 집을 비울 땐 인터넷도 잠시 꺼둬
  라. 1년에 최대 3개월까지 요금을 아낀다.

[3단계 : 운영형]

- 가계부/자산 기록 : 기록은 곧 통제다. 매달 늘어나는 자산을
  적는 재미가 소비 욕구를 이긴다.
- 원천징수 80% : 세금을 늦게 내고 월급을 당겨 받아라. 화폐
  가치는 떨어지니 빨리 받는 게 이득이다.
- 제세공과금 환급 : 경품 받고 낸 세금(22%)은 5월 종합소득세
  신고 때 돌려받아라.
- 자녀 증여 및 교육 : 미성년 자녀 2,000만 원 증여세 0원. 50
  년 복리의 마법을 선물하는 최고의 조기 교육이다.

감독의 한마디!

"티끌 모아 태산이 안 된다고? 천만에. 티끌을 모아 '우량주'를
사면 태산이 된다. 10원을 우습게 아는 감독은 결코 10억 원을
쥐지 못한다."

공무원 감독 전용
특별 계약 조항

모든 감독은 구단(정부)과 계약을 맺는다. 대부분의 감독은 계약서의 굵은 글씨, 즉 '연봉'과 '정년'만 보고 사인을 한다. 하지만 진짜 현명한 감독은 깨알 같은 글씨로 숨겨진 '특별 조항' 규정까지 샅샅이 훑어본다.

이 장은 대부분의 공무원 감독들이 놓치고 있는, 당신의 계약서에 숨겨진 특별 조항에 대한 안내서다.

1. 특별 조항 1 : '전술 자금' 선지급 권리

대부분의 감독은 자금이 부족할 때 은행을 찾아가 고개를 숙인다. 하지만 당신의 계약서에는 구단(공무원연금공단)으로부터 내 퇴직금을 담보로 '즉시 전술 자금을 수혈받을 권리'(공무원연금대출)가 명시되어 있다. 그중에서도 가장 강력한 무기가 바로 신혼, 임신, 육아, 질병, 다자녀 등 특정 조건을 만족하면 받을 수 있는 '행복도약대출'이다.

이 대출의 가장 큰 매력은 압도적인 금리 경쟁력이다. 시중 1금융권 은행들이 아무리 우대 금리를 줘도 따라올 수 없는 '정책적 저금리'를 제공한다.

투자의 세계에서 금리는 곧 '체력'이다. 충분히 숙련된 감독에게 이 저금리 대출은 단순한 빚이 아니라, 자산 형성의 시간을 비약적으로 단축해 줄 '타임머신'이 된다. 리스크를 통제할 수 있는 실력만 뒷받침된다면, 이 지렛대는 당신의 평범한 팀을 단숨에 우승권으로 밀어 올리는 압도적인 경쟁 우위를 선사할 것이다.

Warning : 감독 경고

이 자금은 '경기 승리(자산 형성)'를 위해 써야지, 감독의 개인용 차량을 바꾸거나 호화로운 회식에 탕진해서는 안 된다. 시중보다 싼 금리라고 해서 무턱대고 소비용으로 빌려 쓰면, 당신의 미래 퇴직금 잔고가 먼저 바닥날 수 있다.

....

2. 특별 조항 2 : '화려한 퇴장'을 설계할 권리

감독이 원할 때 최고의 대우를 받으며 그라운드를 떠날 수 있는 권리에 대한 전략이다. 여기에는 '언제 떠날 것인가'와 '돈은 어떻게 챙길 것인가'라는 두 가지 핵심 전략이 포함된다.

• 전략A : 떠날 시점을 내 마음대로 (feat. 명예퇴직)

많은 감독이 계약 만료일(정년)까지 구단에 남아 기량을 소진해야 한다고 착각하지만, '20년 이상 근속'이라는 조건을 채우면 언제든 막대한 보너스(명예퇴직수당)와 함께 구단을 떠날 수 있다.

특히 계약 기간이 10년 이상 남았다면, 구단은 '기본급(본봉)의 약 30.6배'에 달하는 엄청난 '레전드 대우' 보너스를 지급한다. 기억하라. 계약 종료(정년)는 구단이 정하지만, 계약 해지(퇴직)는 당신이 선언하는 것이다.

명예퇴직수당 계산표

정년잔여기간	호봉제 계산식	연봉제 계산식
1년 이상 ~ 5년 이내	월봉급액(기본급)의 68%의 반액 × 정년잔여월수	연봉월액(성과급 제외)의 78% × 68.54%의 반액 × 정년잔여월수
5년 초과 ~ 10년 이내	월봉급액(기본급)의 68%의 반액 × [60 + (정년잔여월수 − 60) ÷ 2]	연봉월액의 78% × 68.54%의 반액 × [60 + (정년잔여월수 − 60) ÷ 2]
10년 초과	정년잔여기간이 10년인 경우와 동일	정년잔여기간이 10년인 경우와 동일

- 전략 B : 받은 돈을 완벽하게 지키는 기술

화려하게 퇴장하며 받은 거액의 퇴직금(명예퇴직수당, 퇴직수당 등)은 어김없이 '세금'이라는 무거운 통행료를 치러야 한다. 하지만 우리에게는 '감독 전용 VIP 계좌(연금저축펀드)'가 있다.

여기서 공무원만의 놀라운 특권이 발동한다.

일반 감독(사기업 직장인)의 경우, 만 55세 이전에 퇴직하면 법적으로 반드시 IRP(개인형 퇴직연금) 계좌로만 퇴직금을 받을 수 있다. IRP는 안전자산 30% 의무 보유 룰 때문에 투자에 제약이 따른다.

하지만 공무원 감독은 다르다. 우리는 나이와 상관없이 '연금저축펀드'로 바로 이체할 수 있는 자유가 있다. 연금저축펀드는 IRP와 달리 훨씬 자유로운 운용이 가능하다.

퇴직금을 이 계좌로 이체하면, 당장 떼였던 퇴직소득세를 전액 환급받고(과세이연), 나중에 연금으로 수령할 때 세금을 30~50%나 감면받을 수 있다. 무엇보다 가장 강력한 효과는 건강보험료 산정에서 100% 제외된다는 점이다. 이 기술이야말로 '화려한 퇴장'을 완성하는 마지막 퍼즐이다.

3. 특별 조항 3 : '평생 연봉'을 추가할 권리

마지막 조항은 은퇴한 감독이 기존의 '구단 연금(공무원연금)'에 더해, 리그에서 제공하는 '레전드 연금(국민연금)'까지 중복으로 수령하여 평생 마르지 않는 현금 흐름을 만들 수 있는 권리다. 바로 '국민연금 임의가입' 전략이다.

이 플랜은 조건이 너무 좋아 사기에 가깝게 느껴질 정도다.

만약 당신이 만 50세에 명예퇴직을 했다고 가정해보자. 소득이 없으니 국민연금 의무 가입 대상이 아니지만, '임의가입'을 신청해 딱 10년만 납입하면? 만 65세부터 죽을 때까지, 매월 꼬박꼬박 연금을 받는다.

그리고 이 금액은 물가에 연동되어 매년 오른다. 최저 납부 금액(2026년 기준 9만 5천 원, 매년 변동)으로 계산했을 때, 이는 연복리 수익률 9% 이상에 달하는 기적의 상품이다. 국가가 보증하는 이런 특판 상품은 시중 어디에도 없다. 단, 여기에는 치명적인 조건이 있다. 연금을 받으려면 최소 10년을 납입해야 하는데, 공무원 재직 중에는 법적으로 국민연금 가입이 불가능하다.

즉, 정년까지 꽉 채워 일하는 '모범 공무원'은 퇴직 후 국민연금

가입 연령이 지나버려 물리적으로 이 혜택을 누릴 수 없다. 역설적으로 이 혜택은 '조기 은퇴'를 선택한 자만이 누릴 수 있는, 국가가 숨겨둔 보너스 스테이지다.

납입 금액별 예상 연금 수령액 (2026년 3월 기준)

월 보험료	10년 납입 시 월 수령액	15년 납입 시 월 수령액	비고
95,000원	225,400원	338,100원	압도적 가성비(추천)
190,000원	279,150원	418,720원	효율 감소
285,000원	332,900원	499,350원	효율 급감

※ 핵심 : 국민연금의 소득재분배 기능 덕분에, 최저 납부 금액으로 가입할 때 수익률이 가장 폭발적이다. 굳이 많이 낼 필요가 없다.

훌륭한 감독은 그라운드 위의 전술뿐만 아니라 계약서의 모든 조항까지 꿰뚫고 있는 사람이다. 이 특별 조항을 어떻게 활용하느냐에 따라 당신의 은퇴 후 삶의 질은 완전히 달라질 것이다.

시스템의 규칙을 아는 것을 넘어 그 규칙을 지배하라. 당신의 손에 쥐어진 특별한 권리를 마음껏 누리길 바란다.

1. 이 챕터의 핵심 목표

– 월급과 정년만 바라보는 수동적인 '생계형 감독'에서 탈피한다.

– 계약서 뒷면에 숨겨진 특수 조항(대출, 명퇴금, 이중 연금)을 찾아내 남들보다 10년 앞서 여유 있는 노후를 준비한다.

2. 숨겨진 3가지 특수 조항

[조항 1 : 전술 자금 (공무원연금대출)]

– 혜택 : 시중 은행보다 훨씬 저렴한 금리로 자금을 조달할 수 있다 (행복도약대출 등).

– 활용법 : 이 돈은 '빚'이 아니라 시간을 앞당기는 '타임머신(레버리지)'이다. 단, 소비재(차, 여행)에 쓰면 독이 되니 반드시 자산(투자)을 사는 데만 써라.

[조항 2 : 화려한 퇴장 설계 (명예퇴직 + 연금계좌)]

– 시점 : 20년 이상 근속하고, 정년이 10년 이상 남았을 때가 골든타임.

– 혜택 : 기본급의 약 30배에 달하는 거액의 보너스(명퇴수당)를 챙길 수 있다.

– 방어 : 받은 퇴직금을 '연금저축펀드'로 바로 이체해라. 퇴직소득세 30~50% 감면 + 건강보험료 100% 면제라는 최강의 방패가 생긴다.

[조항 3 : 평생 연금 더블 찬스 (국민연금 임의가입)]
– 전략 : 공무원연금에 더해 국민연금까지 '이중'으로 세팅한다.
– 수익률 : 국가가 보증하는 연복리 9%짜리 사기급 상품. 이걸
  안 하는 건 바닥에 떨어진 돈을 안 줍는 것과 같다.

감독의 한마디!
"계약서의 굵은 글씨(월급)는 당신의 현재를 책임지지만, 깨알
같은 글씨(숨겨진 혜택)는 당신의 미래를 책임진다. 권리 위에
잠자지 마라. 아는 만큼 가져가는 게임이다."

명감독을 위한
필독 전술서

경제적 자유라는 우승컵을 목표로, 나는 300권이 넘는 전술서를 탐독하고 수천 개의 경기 분석 비디오를 돌려봤다. 어떤 책은 나의 전술 노트를 더 날카롭게 만들었고, 어떤 책은 나의 어설픈 판단이 팀을 어떻게 망치는지 알려주는 훌륭한 반면교사가 되었다.

이 책에 나의 핵심 전술을 담았지만, 위대한 감독들은 늘 다른 명장들의 지혜를 배우는 데 게을리하지 않는다. 여기 소개하는 8권의 책은 무명이었던 나를 '박운서 감독'으로 만들어 준 최고의 전술서들이다.

혹자는 말단 공무원 출신 감독의 전술을 믿지 못할 수도 있다. 좋다. 그렇다면 거인들의 어깨 위에서 직접 확인하라. 이 바닥에서 어설픈 책 100권은 제대로 된 책 1권의 지혜를 절대 이기지 못한다.

1단계 : 단단한 철학 무장하기

투자는 기술 이전에 '믿음'의 영역이다. 왜 이 길을 가야 하는가에 대한 확신이 없다면, 당신은 첫 번째 하락장에서 모든 것을 내던지고 도망치게 될 것이다. 이 단계는 당신의 정신에 철갑옷을 입혀주는 책들이다.

1. 제러미 시겔 – 『주식에 장기 투자하라』

• 당신의 투자 철학을 떠받칠 '정신적 척추'를 세워주는 책이다. "주식이 정말 오르긴 오를까?"라는 의심이 들 때마다 펼쳐라. 지난 200년간의 데이터가 당신의 멱살을 잡고 "닥치고 믿어!"라고 외쳐줄 것이다.

2. 바턴 말킬 – 『랜덤워크 투자수업』

• 정신적 척추를 세웠다면, 이제 '내가 시장을 이길 수 있다는 착각'이라는 질병에 대한 예방주사를 맞을 차례다. 시장을 예측하려는 당신의 모든 노력이 얼마나 헛된 일인지 깨닫고 지적인 겸

손함을 배우게 된다.

3. 존 보글 – 『모든 주식을 소유하라』

- 주식은 장기적으로 우상향하고(시겔), 시장 예측은 불가능하다 (말킬). 그렇다면 정답은 하나다. "건초더미에서 바늘을 찾으려 하지 말고, 건초더미 전체를 사라." 이 한 문장으로 모든 것이 설명된다. 당신을 패시브 투자라는 평온의 길로 인도할 마지막 안내서다.

4. 윌리엄 번스타인 – 『투자의 네 기둥』

- 성공적인 투자라는 집을 짓기 위해 반드시 필요한 네 개의 기둥 (이론, 역사, 심리, 비즈니스)을 다룬다. 지식이 사상누각이 되지 않도록 당신의 철학을 단단하게 다져줄 것이다.

2단계 : 승리의 전략 설계하기

철학이라는 뼈대를 세웠다면, 이제 현실에서 승리하기 위한 구체적인 전략이라는 근육을 붙일 시간이다.

5. 김성일 – 『마법의 연금 굴리기』

- 세계적인 전략을 배웠다면, 이제 '대한민국'이라는 현실의 운동

장에서 싸울 시간이다. 이 책은 앞에서 배운 모든 철학을 한국의 독특한 제도(연금저축, IRP, ISA 등 절세 계좌)에 맞춰 최적화하는 최고의 실전 가이드다.

6. 박곰희 – 『박곰희 연금 부자 수업』

- 유튜브 유명 금융 멘토답게 복잡한 연금 계좌 활용법을 옆에서 떠먹여 주듯 쉽게 알려준다. 당장 어떤 ETF를 담아야 할지 막막한 초보 감독에게 구체적인 포트폴리오를 제안하는 실전 팁이 가득하다.

3단계 : 흔들리지 않는 멘탈 갖추기

최고의 전략을 손에 넣어도 멘탈이 무너지면 모든 것이 무너진다. 진짜 적은 시장이 아니라, 당신의 머릿속에 있는 탐욕과 공포라는 괴물이다.

7. 모건 하우절 – 『돈의 심리학』

- 부자가 되는 것은 돈을 다루는 기술이 아니라, 질투와 탐욕을 다루는 기술임을 깨닫게 해준다. 이 책을 읽기 전과 후, 당신은 돈을 완전히 다른 눈으로 보게 될 것이다.

8. 켄 피셔 – 『주식시장의 17가지 미신』

- 모든 내공을 쌓은 당신에게 세상에 떠도는 수많은 경제 뉴스와 전문가들의 예측을 걸러낼 수 있는 '거짓말 탐지기'를 장착해준다. 당신을 독립적인 사상가로 만들어 줄 마지막 관문이다.

....

이 리스트는 당신을 명장으로 만들어 줄 최고의 전술 서적들이다. 하지만 기억하라. 아무리 훌륭한 전술도 그라운드 위에서 직접 실행하지 않으면 아무 의미가 없다.

이제 당신의 서재에서, 그리고 당신의 계좌에서 위대한 시즌을 시작할 시간이다.

감독의 요약 노트

1. 이 챕터의 핵심 목표

– 뇌피셜로 팀을 운영하지 않는다. 검증된 거인들의 지혜를 빌려 시행착오를 줄인다.

– 하락장이 와도 흔들리지 않는 '투자 철학'과 '멘탈'을 독서를 통해 완성한다.

2. 명감독 육성 3단계 커리큘럼

[1단계 : 철학]

– 목표 : "주식은 도박 아닌가?"라는 의심을 지우고 투자의 본질을 깨닫는다.

– 필독서 :

① 『주식에 장기 투자하라』 (제러미 시겔) → 200년 데이터로 증명된 우상향의 믿음.

② 『랜덤워크 투자수업』 (바턴 말킬) → 시장 예측은 불가능함을 인정하는 겸손.

③ 『모든 주식을 소유하라』 (존 보글) → 시장 전체를 사는 '패시브 투자'의 정석.

④ 『투자의 네 기둥』 (윌리엄 번스타인) → 투자의 이론과 역사를 다지는 기초 공사.

[2단계 : 전략]

– 목표 : 이론을 현실(특히 한국)에 적용하는 구체적인 방법을

익힌다.

– 필독서 :

  ⑤『마법의 연금 굴리기』(김성일) → 한국의 절세 계좌를 활용한 실전 배분 전략.

  ⑥『박곰희 연금 부자 수업』(박곰희) → 초보 감독도 바로 따라 할 수 있는 친절한 실전 해설서.

[3단계 : 멘탈]

– 목표 : 탐욕과 공포라는 내부의 적과 싸워 이긴다.

– 필독서 :

  ⑦『돈의 심리학』(모건 하우절) → 부는 기술이 아니라 태도에서 나온다.

  ⑧『주식시장의 17가지 미신』(켄 피셔) → 뉴스와 전문가의 거짓말을 간파하는 통찰력.

감독의 한마디!

"전술서 100권을 읽고도 실행하지 않는다면, 당신은 그저 '독서가'일 뿐이다. 경기장에 나가라. 위대한 시즌은 서재가 아니라 계좌에서 시작된다."

참고도서

1. 투자와 경제적 자유

제러미 시겔, 『주식에 장기투자하라』, 이건 옮김, 이레미디어, 2015

버턴 말킬, 『랜덤워크 투자수업』, 박세연 옮김, 골든어페어, 2023

존 보글, 『모든 주식을 소유하라』, 이은주 옮김, 비즈니스맵, 2025

윌리엄 번스타인, 『투자의 네 기둥』, 박정태 옮김, 굿모닝북스, 2009

벤저민 그레이엄, 『현명한 투자자』, 이성민 옮김, 국일증권경제연구소, 2025

피터 린치, 존 로스차일드, 『전설로 떠나는 월가의 영웅』, 이건 옮김, 국일증권경제연구소, 2021

켄 피셔, 라라 호프만스, 『주식시장의 17가지 미신』, 이건 옮김, 페이지2북스, 2021

모건 하우절, 『돈의 심리학』, 이지연 옮김, 인플루엔셜, 2023

김성일, 『마법의 연금 굴리기』, 에이지21, 2023

박곰희, 『박곰희 연금 부자 수업』, 인플루엔셜, 2025

앙드레 코스톨라니, 『돈, 뜨겁게 사랑하고 차갑게 다루어라』, 한윤진 옮김, 미래의창, 2025

2. 인문과 삶의 태도

정약용, 『목민심서』, 창비, 2025

정약용, 『경세유표』, 한길사, 1997

나관중, 『삼국지』, 이문열 옮김, 알에이치코리아, 2020

쥘 베른, 『80일간의 세계일주』, 고정아 옮김, 열린책들, 2024

3. 육아와 교육

샤론 무어, 『좋은 잠 처방전』, 함현주 옮김, 유월사일, 2020

로리(김준희), 『똑게육아』, 북로스트, 2022

켄들 킹, 앨리슨 매키, 『2가지 언어에 능통한 아이로 키우기』, 조이스 박,
김지현 옮김, 마이북스, 2012

리처드 플레처, 『0-3세 아빠 육아가 아이 미래를 결정한다』, 김양미 옮김,
글담, 2012

하정훈, 『삐뽀삐뽀 119 소아과』, 유니책방, 2017

4. 통계 및 자료 출처

대한민국 헌법 제123조 제2항

통계청, 「인구동향조사」 (합계출산율, 혼인 통계)

통계청, 「2025년 가계금융복지조사」 (가계 자산 구성 및 부동산 비중)

NH투자증권 100세시대연구소, 「대한민국 가구 자산 통계」 및 「노인 빈
곤율 보고서」

OECD, 「Economic Outlook」 (국가별 자산 비중 및 빈곤율)

행정안전부, 「지방공무원 보수업무 등 처리지침」